जंगल के जुगनू

D1880605

जंगल के जुगनू

देवेश ठाकुर

वाणी प्रकाशन

वाणी प्रकाशन
4695, 21-ए, दरियागंज, नयी दिल्ली 110 002
फ़ोन : +91 11 23273167 फ़ैक्स : +91 11 23275710
शाखाएँ
अशोक राजपथ, पटना 800 004, बिहार
कॉफ़ी हाउस कैम्पस, महात्मा गांधी मार्ग, इलाहाबाद 211 001, उत्तर प्रदेश
महात्मा गांधी अन्तरराष्ट्रीय हिन्दी विश्वविद्यालय, वर्धा 442 001, महाराष्ट्र
सुल्तानिया रोड, मोतिया पार्क, भोपाल 462 001, मध्य प्रदेश
www.vaniprakashan.in
marketing@vaniprakashan.in
sales@vaniprakashan.in

JANGAL KE JUGNOO
by Devesh Thakur

ISBN : 978-93-87330-17-7
Novel

© लेखकाधीन
प्रथम संस्करण 2004
आवृत्ति 2019

मूल्य : ₹ 75

इस पुस्तक के किसी भी अंश को किसी भी माध्यम में प्रयोग करने के लिए प्रकाशक से लिखित अनुमति लेना अनिवार्य है।

सिटी प्रेस, दिल्ली-110 095 में मुद्रित

वाणी प्रकाशन का लोगो मक़बूल फ़िदा हुसेन की कूची से

1

अभी कुछ देर पहले कॉलेज से लौटी हूँ।

बारिश फिर तेज़ हो गयी है। घड़ी देखती हूँ, साढ़े छह बज रहे हैं। सामने अमलतास की भीगी हुई फुनगियाँ लाइट-पोल के प्रकाश में खूब चमक रही हैं। पिंजड़े की लव-बर्ड्स एकदम खामोश और डरी-डरी सी हैं। अब सुबह ही इनकी चहचाहट सुनने को मिलेगी। तब रोज की तरह मैं जागूँगी। किचन में जाकर गैस पर चाय का पानी रखूँगी। चाय पीकर फिर नित्य कर्म शुरू हो जाएगा। आज कल ऐसा ही होता है। इस बार कॉलेज जल्दी खुल गए हैं।

दो-तीन दिन से सामने टेबल लैम्प के पास यह पत्र पड़ा है। कई बार उसे उलट-पुलट कर पढ़ गयी हूँ। पत्र मेरी बहुत पुरानी विद्यार्थी ममता केलकर का है। अब वह कोल्हापुर में एक अंधशाला चलाती है। लिखा है कि वहाँ के 'संकल्प प्रतिष्ठान' ने सामाजिक सेवा के लिए मेरा नाम 'महाराष्ट्र मनीषा' पुरस्कार के लिए 'शार्ट लिस्ट' किया है। और उसे उम्मीद है कि अन्ततः यह पुरस्कार अगले वर्ष के गणतंत्र दिवस पर मुझे ही मिलेगा।

मैं आश्चर्यचकित हूँ। जिस कॉलेज में मैं पिछले 36 सालों से पढ़ा रही हूँ; जिसके प्रिंसिपल और कार्यकारिणी के लोग मेरे अध्ययन-अध्यापन, मेरी निष्ठा, मेरी ईमानदारी, मेरी कर्त्तव्य परायणता और मेरी समाजसेवा इतने सालों से देखते और जानते रहे हैं, उन्होंने किसी भी मीटिंग में मेरे प्रति प्रशंसा या प्रोत्साहन के दो बोल नहीं बोले। इतना ही नहीं, बाद के अधिकारियों ने तो मुझे हमेशा हाशिए पर रखने का टुच्चा षड्यंत्र तक रचा और मुझे खिजाने के लिए ऐसे-ऐसे अध्ययन विरोधी अध्यापकों को बढ़ावा दिया जिन्होंने कॉलेज के किसी काम में कोई हिस्सा नहीं लिया, जिन्होंने अध्ययन के नाम पर लाइब्रेरी से सालों तक एक भी किताब इश्यू नहीं करवाई। और तो और जिन्होंने हफ़्तों तक अपनी क्लास तक नहीं ली। ऐसे में राज्य की सर्वोच्च सामाजिक संस्था मेरे कार्यों की नोटिस ले रही है, सचमुच मैं आश्चर्य चकित हूँ।

जिंदगी भी क्या अजब चीज है। कहाँ से शुरू होती है। कहाँ-कहाँ भटकती है और फिर कहाँ पहुँच जाती है। लगता है, नदी की धारा है जिंदगी। एक उद्‌गम होता है जहाँ से वह शुरू होती है। फिर पहाड़ों से झरती हुई, चट्टानों से टकराती हुई समतल पर आ पहुँचती है और अपना पाट फैलाकर कभी द्वीप बनाती हुई, कभी गहन गंभीर मुद्रा में, कभी बाढ़ का उग्र रूप धारण कर और फिर कभी अठखेलियाँ करती हुई सागर बन

जाती है। जिंदगी भी ऐसी ही होती है। बस, नदी में और जिंदगी में थोड़ा-सा फ़र्क होता है। नदी अपने स्वभाव में, या यों कहो, सभी स्वरूपों में सौंदर्य की अनुभूति कराती है। लेकिन जिंदगी नदी से ज्यादा ऊबड़-खाबड़ होती है। उसमें सुख, संतोष और सौंदर्य के क्षण कम होते हैं; झंझावातों, संघर्षों और विडम्बनाओं का परिमाण ज्यादा होता है। अपनी जिंदगी का जायजा लेती हूँ तो यही सच सामने आता है। कितने अभाव, कितने अपमान, कितनी उपेक्षाएँ और कितना अकेलापन जिया है मैंने। लेकिन अन्ततः जीवन में सार्थकता की अनुभूति के बीच मैं उन सभी अभिशापों को भूल-सी गयी जो 58 वर्ष की इस यात्रा में मुझे झेलने पड़े। सद्भावना और सहयोग का एक हाथ आगे बढ़ा और मेरी अंधियारी दिशा आलोकपंथी हो गयी। तब सारे कलुष मिट जाते हैं, सारी वर्जनाएँ अर्थहीन हो जाती हैं और सारा संघर्ष एक नए प्रकार की अर्थवत्ता प्राप्त कर लेता है। लेकिन इस सबके लिए वहाँ चाहिए एक अनुराग भरा विश्वास और चाहिए सारी आपदाओं की भीड़ को चीर कर अपने संकुचन से बाहर आने का संकल्प.....। तब जीवन को वही अनुकूलता मिलती है जो एक नदी के सागर हो जाने में होती है। इस पत्र को पाकर मुझे लगता है कि मैं भी सागर हो गयी हूँ।

कभी-कभी सोचती हूँ, अब समतल पर आने के बाद भी मैं इतना क्यों सोचती हूँ। फिर सोचती हूँ, यह तो मेरा संस्कार है। संस्कारों से जल्दी मुक्ति नहीं मिलती। अलग-अलग क्षणों को एक साथ जोडूँ तो मैंने जिंदगी के कितने ही वर्ष अपने निपट एकाकीपन में बिताए हैं। बचपन से लेकर जवानी तक और जवानी से लेकर आज की इस प्रौढ़ावस्था तक। कितना अकेलापन, अपमान और उपेक्षा जी है मैंने। इसका गणित लगाने बैठूं तो कितने और वर्ष उसी तरह के अकेलेपन के अहसास में बीत जाएंगे। अकेला व्यक्ति सिर्फ सोचता है। अपने अभागेपन को, अपने दुर्भाग्य को और..... और अपनी निरन्तर निस्पंद होती चेतना को। तब उस मानसिकता के तहत उसे अपना सुख याद नहीं आता। अपने कठिन, न बीतनेवाले लम्बे दिन याद आते हैं। मेरे साथ भी यही होता आया है। इसीलिए आज भी जब अकेली होती हूँ तो किसी न किसी सोच में खो जाती हूँ। आज, इस डूबती-भीगी संध्या में भी कुछ ऐसा ही लग रहा है।....कि अपनी बीती हुई जिंदगी के बारे में सोचूँ.....उसके उतार-चढ़ाव के बारे में, उसकी जीत-हार के बारे में और उसकी अब तक अनकही कथनी-करनी के बारे में....।

पिछले वर्ष जब से बिटिया राज्यश्री की शादी हुई है, कई बार मैं अपने अकेले क्षणों में अपना अतीत जीने लगती हूँ। दिन तो लोगों के बीच बीत जाता है। उनसे मिलने-जुलने में, उनके लिए कुछ करने में, अपनी बात उन तक पहुँचाने में, उनके दुख-दर्द सुनने में। लेकिन जब दिन ढलने लगता है और मैं वापिस अपने घर लौटती हूँ तो उसके साथ मेरे अतीत के श्यामल क्षण भी लौटने लगते हैं। और आगामी कल के सारे आयोजनों की व्यस्तता के बावजूद मैं किसी कोने में अकेली हो जाती हूँ। यह अकेलापन कभी-कभी बहुत डसने लगता है और दिन भर की सारी अर्थवत्ता और

उपलब्धि उदास शाम-सी एक खालीपन में बदलने लगती है। यह ढलती हुई उदास शाम तब मेरी सहेली बन जाती है और मैं खाली मन और सूनी आँखों से सामने की पहाड़ियों को देखती रहती हूँ। देखती रहती हूँ, उस समय तक, जब तक रात के पहले पहर का अँधेरा उनको लील नहीं लेता। तब तक एक क्षण के लिए उस अंधकार की छाया मेरे व्यक्तित्व को भी लील लेती है और मैं, मैं नहीं रहती, एक अंधेरा शून्य बनकर रह जाती हूँ।

अकेले क्षणों में अक्सर ऐसा ही होता है। व्यक्ति का सारा व्यक्तित्व या तो शून्य बनकर रह जाता है या अतीत की घटनाओं में कहीं खो जाता है। साधारण से साधारण व्यक्ति के जीवन में भी कुछ ऐसी घटनाएँ घटती अवश्य हैं जिन्हें वह चाहकर भी भूल नहीं पाता। भूलने के लिए भी तो याद रखना होता है कि इसे भूलना है। तब भूलने की मानसिकता और कोशिश बैकग्राउन्ड में चली जाती है और स्मृतियाँ आँखों के सामने पुराने दृश्य—न भूल सकनेवाले दृश्य दोहराने लगती हैं। मेरे साथ ये दोनों स्थितियाँ बनती-बिगड़ती रहती हैं। जिंदगी उतार-चढ़ावों की शृंखला रही है। सोचने के लिए लम्बी-लम्बी शामें और रातें मिलती रही हैं। सो, सोचना एक अनंत परम्परा और अभ्यास बन गया है मेरे लिए।

दरवाजे की घंटी बजी है। शायद महरी आई हो। मैं विचारों में भटकना छोड़कर उठती हूँ और दरवाजा खोलती हूँ। महरी ही है। आज उसने धुली साड़ी पहन रखी है। माथे पर बड़ा सा टीका है। ब्लाउज भी नया है। आँखों में रोज की तरह उदासी नहीं, बल्कि चमक है। आज वह खुश दीखती है।

मैं पूछे बिना नहीं रहती —नन्दू, आज बड़ी बन-ठन के आई है। क्या बात है।'

उत्तर में नन्दू शरमा जाती है।

मैं फिर कहती हूँ : बता न क्या बात है?'

—कुछ खास नहीं मैडम।'

—फिर भी?'

—आज मेरे मर्द की नौकरी लग गयी है। पांच महीने बेकार बैठने के बाद लगी है यह नौकरी।'

—अच्छा, यह तो बड़ी अच्छी बात है। कहाँ लगा है?'

—म्युनिसिपैलिटी अस्पताल के मुर्दाघर में।'

—मुर्दाघर में?' मैं सहसा चुप हो जाती हूँ। विचार फिर उमड़ने लगते हैं। मुर्दगनी-सी जिंदगी बिताने वाले परिवार के लिए मुर्दाघर में नौकरी लगना कितनी बड़ी खुशी की बात हो गयी है। मैं उसके माथे की चमकती हुई बिंदी को देखती रह जाती हूँ और उसके गालों पर छायी हुई मुस्कान को भी। फिर अपने सर और अपने विचारों

को झटकती हुई उससे कहती हूँ– नंदू, एक कप चाय बना देगी?'

–अभी बनाती हूँ मैडम।'

–अपने लिए भी बना लेना।' मैं कहती हूँ–तेरा बच्चा तो अब ठीक है न।' मैं पूछती हूँ।

–हाँ, अब ठीक है। बुखार उतर गया है।'

–दवाई है न।' मैं कहती हूँ। 'पाँच दिन देनी है। अभी तो तीन ही दिन हुए हैं न।'

–हाँ.....।' कहती हुई वह रसोई में चली जाती है।

मन भी क्या चीज है। कभी शांत नहीं बैठता। मैं फिर सोच में खो जाती हूँ। नंदू का खिला-शरमाता चेहरा और माथे पर चिपकी हुई बड़ी-सी बिंदी आँखों के सामने बार-बार घूम जाती है। उसकी बिंदी में मुझे अपनी माँ के माथे की बिंदी दिखाई देने लगती है। माँ के साथ-साथ मुझे अपनी बहन–सब्बू–भी याद आ जाती है। मन कडुवा हो जाता है।

तब हम दोनों बहनें ननिहाल में रहती थीं। माँ बरसों पहले बम्बई आ गयी थी अपने मामा के पास। म्युनिसिपैलिटी के एक स्कूल में उसे नौकरी दिली दी थी मामा ने। अप्पा पहले से ही बम्बई में थे। एक मिल में मैकेनिक। बाद में मामा की कोशिशों से ही अप्पा की शादी अम्मा के साथ हुई थी।

मेरा ननिहाल तिरची में था। तिरची छोटा सा शांत कस्बा था तब। कस्बे का एक मोहल्ला। अब उसका नाम भी याद नहीं आ रहा। खैर.....नाम में क्या रखा है। उसी मोहल्ले में हम सभी बहनें बड़ी हो रही थी। मौसी के साथ। मोहल्ले से सटी झुग्गी-झोंपड़ियों की एक बस्ती थी। हम उस बस्ती के बच्चों के साथ खेला करती थीं। उस दिन बस्ती की कृष्णा हमारे घर आई थी और मौसी को कपड़े की थैली से निकाल कर एक लड्डू दे गयी थी।

मौसी ने पूछा था–कृष्णा, यह लड्डू किस लिए?'

कृष्णा बोली थी–मेरे अक्का मेरी नयी माँ लाए हैं।' कहती हुई वह भाग गयी थी। उसे पास के दूसरे घरों में लड्डू बाँटने थे।

हम सब ने उस लड्डू को बांट कर खाया था।

नन्दू अपने मर्द की नौकरी लगने की खुशी में कोई लड्डू नहीं लाई थी। लेकिन मैं देर तक अपने मुँह में मिठास का अहसास करती रही थी। मैं भी कितनी अजीब हूँ। पलक झपकते ही कहाँ की कहाँ पहुँच जाती हूँ।

धनी तो हमारा परिवार था ही नहीं, लेकिन उसे गरीब भी नहीं कहा जा सकता।

मामा की कुछ जमीन थी। उसमें परिवार का पेट भरने लायक अनाज हो जाता। कॉफी, गुड़, नमक वगैरह के लिए मामा बम्बई से मनीऑर्डर कर देते। माँ भी महीने दो महीने में कुछ पैसा भेज देती....। सो खाने-पीने, पहनने का अभाव हमें कभी महसूस नहीं हुआ।

तब मैं सातवीं क्लास में थी। मेरी एक मित्र थी शर्मिला। शर्मिला का एक दोस्त था बालचन्द्रन। हम उसे बालू कहकर पुकारते। शर्मिला बहुत सम्पन्नवर्ग के माता-पिता की अकेली संतान थी। अच्छे, महंगे कपड़े पहनती, बढ़िया टिफन लाती और हमेशा चहचहाती रहती। जब सिर्फ़ मेरे साथ होती तो बालू की ही बातें करती कि वह कितना पढ़ाकू है, क्लास में फर्स्ट आता है। टीचरों का फेवरेट है, उसकी कोई बुरी आदत भी नहीं है। अपनी उम्र से ज्यादा सीरियस रहता है। और पल्ली, उसकी आँखें कितनी बड़ी-बड़ी हैं और होंठ कितने पतले-पतले हैं, मेरे जैसे।

कई बार ऐसा होता कि हम तीनों स्कूल से साथ-साथ लौटते। रास्ते भर बालू चुप ही रहता लेकिन शर्मिला चहचहाती रहती। बीच में मैं कुछ बोलती तो वह मुझे देखने लगता। ज्यादातर कनखियों से देखता। एक चौक के पास से मेरा रास्ता अलग हो जाता।

एक बार शर्मिला स्कूल नहीं आई। उस दिन छुट्टी के बाद मैं और बालू साथ-साथ घर लौट रहे थे। वह हमेशा की तरह चुप था। उसकी चुप्पी तोड़ने के लिए मैंने पूछ लिया–

–आज तेरी सहेली स्कूल नहीं आयी।'

–सहेली तो वह तेरी भी है। किसी रिश्तेदार की शादी में गयी है।'

–हाँ सहेली तो मेरी भी है लेकिन तेरी ज्यादा है। तभी तो मुझे पता है, कहाँ गयी है। तुझे भी वह इतनी अच्छी लगती है। है कि नहीं बालू।' मैंने उसकी ओर हँसते हुए कहा। बालू ने मेरी तरफ देखा और बोला–पल्ली, मुझे तो तू सबसे अच्छी लगती है।'

–धत्।' मैं बोली और तेज़-तेज़ चलने लगी। चौक पर आकर मैंने देखा, पीछे आ रहा बालू मुझे ही देख रहा था। मुझे देखकर उसने मेरी तरफ हाथ हिला दिया।

उसके बाद बहुत दिनों तक मैं उसके सामने आने का साहस ही नहीं कर पायी। लेकिन मैं क्यों न मानूँ कि उस दिन को मैं अभी तक नहीं भुला पाई हूँ। न उस दिन को और न बालू के उस वाक्य को। इसका कारण शायद यही हो कि बालू पहला और अंतिम व्यक्ति था जिसने मुझसे इतनी अच्छी बात कही हो।

मौसी और तिरची। और वहाँ बिताए गए बचपन के वे दिन। मस्ती और अल्हड़पन के वे दिन। वे दिन याद आते हैं तो आज भी होंठों पर मुस्कराहट की एक रेखा खिंच जाती है। क्या दिन थे वे....

उन दिनों की कुछ बातें अभी तक याद हैं।

महीने के पहले और तीसरे हफ्ते में मेरी ड्यूटी राशन की दुकान पर लग जाती। बड़ी बहन बब्बो मौसी का हाथ बँटाने के लिए घर में ही रहती। कभी-कभी सब्बू भी मेरे साथ होती।

जब कभी वह मेरे साथ होती, मैं उसे लाइन में खड़ा करके अपनी सहेली के घर भाग जाती और देर तक उसके साथ गिट्टियाँ खेलती रहती। वापस दुकान पर लौटती तो सब्बू का बुझा-बुझा सा चेहरा देखकर सहम जाती। अनाज मिलता और कभी अपना नम्बर आने से पहले राशनवाला दुकान बंद कर देता। निराश, फिर दूसरे दिन आने के लिए हम लौट जातीं। रास्ते में सब्बू को मनाने की कोशिश करती तो वह रोने लगती। मैं उसे किसी तरह फुसलाकर चुप कराती और वादा करती कि अगली बार पूरे टाइम मैं ही लाइन में खड़ी रहूँगी। लेकिन अगली बार भी वही होता। जब तक हम मौसी के साथ रहे, हमेशा यही होता रहा। लेकिन इस सब के बावजूद सब्बू मेरे साथ ही चिपकी रहती। मुझी से लड़ती-झगड़ती और मेरे ही गले में बांहों डालकर झूलती भी। इस पर बब्बो कुढ़ती और कई बार मुझसे झगड़ने के लिए कोई बहाना बनाकर उलझ भी जाती। मौसी से मेरी शिकायत करती। मौसी बनावटी गुस्से से मुझे डांटती और मैं डरने का नाटक करके भीतर कमरे में जाकर मुँह बंद करके हँसती रहती। आज वे दिन, वे बातें सब सपनों की बातों-सी लगती हैं। लेकिन तब ये छोटी-छोटी बातें, ये छोटे-छोटे सुख बड़ा सुख दे जाते थे।

सुख की कल्पना बड़ी व्यक्तिगत और सापेक्षिक होती है। एक स्थिति में यदि किसी को सुख मिलता है तो वही स्थिति दूसरे के लिए भी सुख देनेवाली हो, यह जरूरी नहीं है। सुख का संबंध तो मन और मानसिकता से होता है। मुझे बरसात का मौसम बड़ा भाता है। फूलों, पत्तियों पर पानी की मोती सी बूंदों को देखकर मन उछाह जाता है लेकिन उस साल बरसात में जब बीमार पड़ी थी तो खिड़की से बाहर बरसती हुई बारिश को देखकर मन एक पीड़ा से भर जाता था। लगता था, बरामदें में खड़ा यह आम का पेड़ और उससे लिपटी बोगनविला की लतर मुझे चिढ़ा रही है। तब मैं बहुत उदास हो जाया करती थी। सोचती थी, काश यह बरसात न होती और यह हरियाली इतनी हरियाली नहीं होती तो कितना अच्छा होता।

—चाय अच्छी बनी है मैडम?' नंदू मुझसे पूछ रही थीं।

मैंने चौंक कर उसकी तरफ देखा, सामने तिपाई पर चाय की प्याली रखी है। नंदू कब चाय रख गई, मुझे पता ही नहीं चला।

—हाँ, अच्छी बनी है।' मैंने प्याला उठाते हुए कहा।

—आपने पी तो हैई नहीं।' मैं उसे मुस्कराता हुआ देखती हूँ। अपनी झेंप मिटाने

के लिए उससे झूठ कह देती हूँ : एक घूंट ली थी। अच्छी बनी है।'

—बरतन हो गए। मैं जाऊँ?'

—हाँ जा.....।' अपने आप शब्द निकल जाते हैं।

वह दरवाजे की ओर बढ़ती है और धीरे से दरवाजा बंद करके बाहर निकल जाती है।

मैं फिर अकेली रह जाती हूँ।

उस अकेलेपन से राहत पाने के लिए मैं ठंडी चाय सुड़कने लगती हूँ। तभी फोन की घंटी बज उठती है।

मैं लपक कर उठती हूँ। और फोन उठाती हुई सोचती हूँ कि अब कुछ समय के लिए यह खालीपन तो टूटेगा।

2

नौकरी लगने के बाद एक साल बाद माँ ने मुझे और सब्बू को अपने पास बुला लिया था। मैंने आठवीं पास कर ली थी और सब्बू ने पाँचवीं। उसी साल बड़ी बब्बो की शादी हमारे छोटे मामा से मद्रास में हो गयी। तब वह 15-16 साल की थी। मामा उम्र में कुछ ज्यादा बड़े थे। उनकी तरफ से ही ऑफर आई थी। रेलवे में क्लर्क थे। परम्परा के अनुसार बड़ी पर उनका हक भी था। शादी के बाद ही मैं और सब्बू बंबई आए थे। तिरची के एक छोटे से मौहल्ले से उठकर मैं बम्बई के विस्तार में खो-सी गयी। मुझे बहुत दिनों तक यहाँ आकर बड़ा अजीब सा लगता रहा। अंधेरी की चाल के एक अंधे कमरे में, जो अप्पा ने पहले से ही ले रखा था, मैं बड़ी घुटन का अनुभव करती। मुझे बार-बार तिरची का अपना घर, वहाँ का खुलापन, अपने साथी, अपनी बब्बो, अपनी मौसी याद आती। वहाँ की जिंदगी, सारी मुश्किलों के बावजूद यहाँ की भीड़-भाड़ से कहीं ज्यादा खूबसूरत महसूस होती थी। मौसी बार-बार याद आती। इसीलिए नहीं कि वह हमारा बड़ा ध्यान रखती थी बल्कि इसलिए कि उसने अपने व्यवहार से हमें कभी यह महसूस ही नहीं होने दिया कि हम उसकी संतान नहीं हैं। मौसी विधवा थी। हमारे अलावा उसका कोई अपना नहीं था। उसकी सारी शक्ति, सारी क्षमता हमारी सुख-सुविधा का ख्याल रखने में ही व्यतीत होती थी। माँ का स्वभाव उससे बिल्कुल विपरीत था। अम्मा टीचर थी और घर में भी वही अनुशासन चाहती थी जो स्कूल में अपने विद्यार्थियों से चाहती थी। हर बात में टोका-टोकी करती थी। तिरची में मैं आजाद पक्षी की तरह थी। जो चाहती, करती। मुझे याद नहीं आता, वहाँ मौसी ने हमें कभी डांटा तक हो। यहाँ माँ की डाँट रोज की बात हो गयी थी। ऐसा करो, ऐसा मत करो। यहाँ जाओ, यहाँ मत जाओ। यह खाओ, यह मत खाओ। उससे मिलो, उससे मत मिलो....। यानी हमारे लिए आदेश ही आदेश थे। हम क्या चाहती हैं, इससे उसे कोई सरोकार नहीं था। वह अप्पा से भी इसी तरह का व्यवहार करती। अप्पा खुले दिलवाले इंसान थे। आस-पास, पास-पड़ोस में उनकी अच्छी इज्जत थी लेकिन घर में, माँ के सामने वे चुप्पे बने रहते। मैंने बचपन में कभी भी अप्पा को माँ से विवाद करते या झगड़ते नहीं देखा। लेकिन माँ हमेशा उनसे झगड़ने के लिए कोई न कोई कारण खोज ही लेती। आज सोचती हूँ तो लगता है, इसका कारण था। माँ प्राइमरी स्कूल की टीचर होने के बावजूद उनसे ज्यादा

कमाती थी। उसे लगता था कि घर उसी के कारण चल रहा है। बात-बात में वह इस बात का उलाहना भी देती रहती कि वह किस मर्द से बंध गयी है। उसे तो कोई अफसरनुमा पति चाहिए था। माँ मैकेनिक पति को बड़ी तुच्छ निगाह से देखती थी। माँ की इस मानसिक तुच्छता का अप्पा ने कभी प्रतिवाद नहीं किया और यों ही समय बीतता रहा। जब कभी माँ अपने खास व्यंग्यात्मक अंदाज में अप्पा पर कोई ताना कसती तो मैं भीतर तक डर जाया करती थी। धीरे-धीरे यह डर मेरे व्यक्तित्व का एक अंग बन गया। हमेशा एक अजीब तरह की असुरक्षा की भावना मेरे भीतर पैठ गयी। अब राह चलते, स्कूल में पढ़ाई करते, घर में कोई छोटा-मोट काम करते मैं हमेशा डरी रहती कि कब कहीं मुझसे कोई गलती न हो जाये और कहीं मुझे डांट न खानी पड़े। यह डर मेरी जिंदगी का एक अभिन्न अंग बन गया था। बाद में इसी डर ने मुझे अनगिनत मुश्किलों में डाला।

लेकिन फिर भी उन दिनों जितनी देर स्कूल में रहती, आजाद पक्षी की तरह इधर-उधर उड़ती रहती। हिन्दी के मास्टर थे बीरबल सिंह। उन्होंने मेरा नाम ही उड़नखटोला रख दिया था। हमने भी अपने टीचरों को बड़े मजाकिया नाम दे रखे थे। अंग्रेजी के सर जसवंत सिंह बड़े मजाकिया थे। हम उन्हें जॉनी वाकर कहते। हिसाब के सर गोपीनाथ हम सहेलियों के बीच गोप थे। एक टीचर थे जो हमें कबड्डी खिलाते थे। हम उन्हें कबाड़ी लाल कहते। यों स्कूल में सारा दिन हँसते-खेलते बीतता। लेकिन जैसे ही छुट्टी की घंटी बजती, मेरे भीतर भय समाने लगता। माँ का चेहरा और घर के काम याद आने लगते। सोचती, अब घर जाकर जूठे बरतन माँजने पड़ेंगे। आटा गूँथकर रखना होगा। शायद पब्लिक नल से पानी भी भरना पड़े। माँ की डाँट खाना तो रोज की बात थी ही। मैं सोच-सोच कर सिहरती रहती। और स्कूल की हँसी चेहरे से फुर्र से उड़ जाती। ऐसे ही साल बीतते गए और मैं बी. ए. में आ गयी।

फोन की घंटी बजी है। मैं अपने वर्तमान में लौट आती हूँ। ऊपर दीवाल घड़ी की तरफ देखती हूँ। आठ बजने को है। मैं जानती हूँ यह किसका फोन है।

मैं फोन उठाती हूँ।

—क्या कर रही हो।' आवाज आती है।

—हलो। नमस्कार। कुछ नहीं, यों ही। अभी-अभी लेटी थी।'

—बधाई। आज 'टाइम्स' में तुम्हारा लेख पढ़ा। अच्छा लगा।' मैं हंसती हूँ।.... हँसते हुए ही कहती हूँ—वे लोग कब से कह रहे थे लिखने को।'

—मुझे अच्छा लगा पढ़कर....।'

—थैंक यू....।'

—बस, इसी तरह लिखती रहो। हो सके तो कभी 'सहयोग' पर भी एक 'राइट

अप' तैयार कर लो।'

—जरूर करूंगी। उस पर तो जरूर लिखूंगी। वह आपका ही जाया है।'

—बस, बस। अच्छे बच्चे झूठ नहीं बोलते।' वह तुम्हारी संस्था भी तो है।' मैं फिर हँस पड़ती हूँ।

—राज्यश्री की कोई खबर आई है क्या?'

—नहीं तो? क्यों?'

—तुम कह रही थी कि उसके हसबैंड का मुंबई ट्रांसफर होनेवाला है।'

—अभी तो कुछ पता नहीं।'

—और?'

—और सब ठीक है।'

—कल क्या कर रही हो?'

—कुछ खास नहीं। क्यों?'

—पृथ्वी थियेटर चलोगी। अच्छा नाटक है। 'बकरी'। मुझे दो टिकट मिले हैं।'

—चली चलूंगी....।'

—ठीक है, मैं सुबह फोन करूँगी।'

—ठीक। आपकी हैल्थ कैसी है।'

—अच्छी ही है। अच्छा....। गुड नाइट।'

—गुड नाइट।' मैं बहुत आश्वस्ति के साथ फोन नीचे रख देती हूँ। महसूस होता है कि मैं इस घर में अकेली नहीं हूँ। मेरी मित्र, मेरी बहिन, मेरी गॉड फादर, मेरी शुभेच्छु देवांगी दी मेरे साथ है।

3

दरवाजे की घंटी बजी है।

पेपरवाले ने पेपर डाला होगा। वह रोज दो घंटियाँ एक साथ बजाता है। इसीलिए।

मैं करवट बदल लेती हूँ। अब मुझे उठ जाना चाहिए, मैं सोचती हूँ। लेकिन मन उठने को नहीं करता। लेकिन न उठकर कैसे चलेगा। आज नौ बजे का लेक्चर है। फिर भी।

एक-दो बार इधर-उधर होकर उठती हूँ। मिचमिचाई आँखों से कमरे का जायजा लेती हूँ। कल का अखबार कोने में पड़ा पंखे की हवा में फड़फड़ा रहा है। रात भर फड़फड़ाता रहा होगा। मेज पर चाय का खाली गिलास वैसे ही पड़ा है। साड़ी सोफे पर पड़ी है, ब्रा भी। मेरे होठों पर मुस्कराहट तैर जाती है। देवांगी दी मुझे हमेशा टोकती हैं। कहती हैं—पल्ली, तुम्हें व्यवस्था में रहना नहीं आता। सीखो, सीखो, मुझसे कुछ तो सीखो....।'

लेकिन इतने सालों में मैं व्यवस्थित ढंग से रहना ही नहीं सीख पाई। देवांगी दी को मुझसे बड़ी शिकायतें हैं; कि मैं हर बात को कल पर टाल देती हूँ; कि मैं अपनी सेहत का ख्याल नहीं रखती; कि मैं डॉक्टर से पूछे बिना दवाइयों की गोलियाँ चबाती रहती हूँ; कि मैं अपनी चीजों की संभाल-संवार में कोई दिलचस्पी नहीं लेती; कि मैं...।

उनके पास मेरे प्रति शिकायतों का भंडार है लेकिन मैं वायदा करके टाल जाती हूँ। व्यवस्थित ढंग से रहना मुझे मशीनी लगता है। आदमी की जीवन्तता इसी में है कि कहीं कुछ तो अव्यवस्थित हो जिससे उसके होने का अहसास हो सके। करीने से एक ही जगह पर एक ही तरीके से रखी चीजें मुझे मुर्दा लगती हैं। और एक बात है, जिसे दीदी मुझे हमेशा से समझाती रही हैं। वे कहती हैं—'ना' कहना सीखो। मेरी आदत है, कोई मुझसे कोई भी काम करने को कहे, मैं 'हाँ' कह देती हूँ। मानती हूँ कि इससे मैं कई बार मुश्किल में फँसी हूँ लेकिन अभी तक 'ना' करना नहीं सीख पाई। दीदी कहती हैं : यह तुम्हारी बहुत बड़ी कमजोरी है। तुम समझती हो, किसी के लिए भी 'हाँ' कहने से वह तुम्हारा आत्मीय हो जायेगा। ऐसा नहीं होता। लोग अपना काम निकलवाने आते हैं।

तुमसे दो-चार मीठी बातें करते हैं। घर आने का निमंत्रण देते हैं और तुम सोचने लगती हो कि तुम्हारा एक अपना और बढ़ गया। दरअसल बात यह है कि तुम डरती हो। अपने से डरती हो, लोगों से डरती हो। आत्मीयता और अपनापन बहुत बड़े शब्द हैं। इनको पाने के लिए बड़ी साधना करनी पड़ती है। ये राह चलते नहीं मिल जाते। कभी-कभी तो अपना सब कुछ गंवाना पड़ता है इनके लिए।'

पागल और मूर्ख हूँ मैं। सुबह-सुबह क्या सोचने लगी। चाय-नाश्ता बनाना है। नहाना-धोना है और कॉलेज के लिए तैयार होना है। ऊपर घड़ी की ओर देखती हूँ। पौने सात बज रहे होते हैं। मैं पलंग छोड़ देती हूँ और किचन की ओर बढ़ जाती हूँ। गैस पर चाय का पानी रखती ही हूँ कि फोन बजने लगता है। इस समय कौन हो सकता है?' मैं हाथ पोंछकर बाहर ड्राइंग रूम में आती हूँ—

—हलो....।'

—हलो।' दूसरी तरफ से आवाज आती है।

यह तो पहचानी हुई आवाज नहीं है। मैं सोचती रहती हूँ। कौन हो सकता है। कुछ बोलती नहीं।

—मिसेज पलक ही बोल रही हैं न।'

—यस....मैं ही हूँ। आप कौन....?' मैं पूछती हूँ....।

—तुम 'गैस' करो।'

मैं चुप रह जाती हूँ, कौन हो सकता है।

—पल्ली....। भूल गयी। मैं हूँ प्रशांत। कुछ याद आया। प्रशांत कुलकर्णी।'

—ओह।' मैं चौंक कर कहती हूँ। —अरे, कब आया तू।'

—आज ही सुबह की फ्लाइट से आया हूँ। पहला फोन तेरे नाम।'

—दारूवाला भाभी भी आई हैं या अकेले ही....।'

—अकेला आया हूँ....। कम्पनी के काम से....। एक कांट्रेक्ट के सिलसिले में।'

—बड़ा आदमी हो गया है?'

—नहीं यार। वैसा ही और उतना ही हूँ। पाँच फुट तीन इंच। तुझसे आधा इंच छोटा।' प्रशांत ठहाका मार कर हंसता है—अच्छा बता, आज शाम का क्या प्रोग्राम है।'

—कुछ भी नहीं। तू घर आ जा न।' तभी कहने के बाद याद आता है कि आज तो दीदी ने पृथ्वी थियेटर जाने के लिए कहा था। लेकिन अभी तक उनका फोन आया ही नहीं।

—यार, घर में क्यों बुलाती है। बाहर मिल। चार बजे के बाद। थोड़ी होटलबाजी करेंगे। बोल, कहाँ मिलेगी।'

अब तक मैंने सोच लिया है।

—प्रशांत, आज 4 बजे कॉलेज में मीटिंग है। एल्युमनाई की। चार बजे तो नहीं हो

पायेगा।'

—ठीक है। मैं 5 बजे कॉलेज में आ जाता हूँ।'

—कल का नहीं रखा जा सकता....?'

—कल पुणे जा रहा हूँ। रात को लौटूँगा।'

—फिर परसों का....।'

—परसों?' कुछ देर की चुप्पी।—ठीक है, परसों अपन शाम को मिलेंगे। 'सिक्स ओ' क्लॉक, शार्प। ठीक।''

—ठीक। लेकिन कहाँ।'

—अरे, वहीं अपने अड्डे पर।'

—ठीक है। और सब ठीक है न....। अमेरिका की सेहत कैसी है।'

—अमेरिका की सेहत जाये भाड़ में। अपन की सेहत एक दम दुरुस्त है।'

—अच्छा तो परसों मिलते हैं 'कन्दील' में।'

—और बच्चों के क्या हाल हैं।'

—ठीक हैं। बेटे को लड़का हुआ है। राज्यश्री की भी शादी कर दी है।'

—बंटू क्या कर रहा है।'

—आजकल कनाड़ा में है। कम्प्यूटर साइंस का एडवांस कोर्स कर रहा है।'

—गुड, अच्छा, मिलते हैं। बाय....।'

—बाय....।'

मेरा मन खिल आया है। बरसों बाद पुराने मित्र, क्लासमेट्स अप्रत्याशित रूप से मिलते हैं तो भीतर एक खुशी उमड़ आती है। प्रशांत मेरा सहपाठी रहा है। आज कितने सालों बाद—पच्चीस-तीस साल तो हो ही गए होंगे—उसकी आवाज सुनी है। कॉलेज के दिनों में कितना चालू था वह। एक साथ चार-चार, पाँच-पाँच लड़कियों को पटाने की कोशिश में लगा रहता। क्लास रूम से ज्यादा कैंटीन या होटल में बैठा रहता। ऐसे मौकों पर मुझे हमेशा साथ रखता। कहता, पल्ली, तू साथ रहती है तो कोई शक नहीं करेगा। किसी लड़की के साथ पिक्चर का प्रोग्राम बनाता तो मुझे साथ ले जाना नहीं भूलता। तब मैं कुछ नहीं समझती थी। नहीं समझती थी कि मेरी आड़ में वह शिकार खेलने की कोशिश करता है। लड़कियाँ उससे जुड़तीं और थोड़े दिनों बाद उससे कट जातीं। वह दुखी हो जाता। लेकिन निराश नहीं होता। ऐसे मौकों पर वह हमेशा मेरे साथ बना रहता।

एक दिन कैंटीन में बैठी थी मैं। प्रशांत मेरे पास आकर बैठ गया। बोला —पल्ली, तुझसे एक जरूरी बात करनी है।'

—तो बोल न। चाय पीयेगा?'

—चाय-वाय छोड़ यार।'

—क्या बात है?'

वह चुप रहकर मेज पर रेखाएँ खींचने लगा।

—बता न।' मैंने उसे कुरेदा।

—क्या बताऊँ। वो सुलभा की बच्ची....कल उसने मेरी इन्सल्ट कर दी....सब के सामने।'

—सुलभा ने? वह तो तेरी अच्छी दोस्त है।'

—है नहीं, थी। मैं भी यही समझता था....।'

—तो फिर....?'

—कल वह पाठक के साथ मोटर साइकिल पर जा रही थी।'

—तो क्या हुआ....।'

—अरे वाह। पाठक छोड़ेगा उसे...। तू जानती नहीं पाठक को।'

—जानती हूँ। लेकिन तेरी इन्सल्ट कैसे हो गयी।'

—इन्सल्ट और कैसी होती है। मेरे साथ खाओ, पीओ। पिक्चर जाओ। और घूमने के लिए पाठक की मोटर साइकिल पर बैठ जाओ। उसकी कमर को कस कर पकड़े रहो।'

मैं हँस पड़ी। बोली : इसमें क्या हुआ?'

—तू तो बेवकूफ है। कुछ समझती ही नहीं। मैं अब उसकी सूरत तक नहीं देखना चाहता।'

—मत देख। तुझे लड़कियों की कौन-सी कमी है।'

—कमी तो नहीं है। लेकिन?'

—लेकिन क्या?'

—मैंने सोच लिया है कि अब किसी लड़की से दोस्ती नहीं करूँगा। तू क्या कहती है।'

—किस बारे में?'

—यह कि किसी लड़की को लिफ्ट नहीं दूँगा।'

—यार, तुझसे लिफ्ट मांगती ही कौन है। तू ही सबके पीछे पड़ा रहता है।'

—तू भी ऐसा ही सोचती है पल्ली।'

—ये झूठ है क्या....।'

—ठीक है। देख, आज मैं तेरे सामने कसम खाकर कहता हूँ कि आज से, आज से क्या इसी वक्त से मैं किसी लड़की की तरफ नजर उठाकर भी नहीं देखूँगा। और....।'

—और क्या?'

—जो भी लड़की मुझे पहले प्रोपोज करेगी, उसी से शादी कर लूँगा। चाहे वह अंधी, बहरी, लूली, लंगड़ी जैसी भी हो।'

—अच्छा....।'

—तेरी कसम..... ।'

मैं उसकी इस कसम पर ठठाकर हंस पड़ी थी।

—तुझे कौन प्रोपोज करेगा।' मैंने हवा में, मजाकिया ढंग से अपने शब्द उछाल दिए।

—मैं तुझे एक महीने के भीतर बतला दूँगा। एक्जाम से पहले। देख लेना।'

कॉलेज के लिए तैयार होते हुए मुझे प्रशांत की वह मुद्रा साफ दिखाई पड़ रही थी।

—तेरी कसम.... ।'

सहज ही मेरे होंठों पर मुस्कराहट खेल गयी।

4

आज दिन भर प्रशांत याद आता रहा है। उसकी हरकतें, उसके रोमांस याद आते रहे हैं। और साथ ही वह पूनम भी याद आती रही है।

पूनम भी अपनी क्लासमेट थी। एक दिन तेजी से कॉलेज की सीढ़ियाँ उतरते हुए प्रशांत फिसल गया और दो-तीन कलाबाजियाँ खाते हुए ऊपर आ रही पूनम के पैरों के पास गिर पड़ा। पास खड़ी श्यामला ने उसे उठा लिया। उसके पैरों में मोच आ गयी थी और कुहनियाँ छिल गयी थीं। पूनम उसे केमिस्ट्री लैब में ले गयी। कुहनियों पर थोड़ी स्प्रिट लगा दी। और बस, प्रशांत उसे अपना दिल दे बैठा। दिल दे बैठना उसकी आदत थी। कुछ दिनों बाद हम लोग उसे पूनम के आगे-पीछे मँडराते देखते रहे। कॉलेज के सामने के रेस्ट्राँ में, कैंटीन में....। लायब्रेरी में....यहाँ तक कि क्लास में भी वह उसके आस-पास ही बैठता। फिर कुछ दिन और बीते।

कुछ दिनों बाद एक दिन प्रशांत मेरे पास आया। बोला—पल्ली, मेरा एक काम करेगी?'

—क्या काम है।' मैंने पूछा था।

—यार पूनम के लिए एक लैटर लिखा है। इसे उस तक पहुँचा दे....।'

—तू खुद नहीं दे सकता क्या?'

—दे तो सकता हूँ। लेकिन....।'

—लेकिन क्या?'

—लेकिन दे नहीं सकता।'

मैं हँस पड़ी थी।

—मैं उसके बारे में बहुत सीरियस हूँ पल्ली। तू हँस मत....।'

—क्या लिखा है लैटर में....?'

—तू पढ़ लेना। पढ़ कर उसे दे देना।'

—प्रोपोज किया है क्या?' मुझे मजाक सूझ रही थी।

—तू पढ़ लेना बस....।' कह कर उसने कागजों का एक पुलिंदा मेरे हाथों में थमा दिया।

—यह क्या है।'

—कहा न। लैटर है।'

—एक लैटर... ।'

—और नहीं तो क्या....? पूरा महीना भर लगा है इसे लिखने में। कितने लैक्चर, कितने प्रैक्टिकल मिस कर दिए इसके लिए।'

—ठीक है। मैं दे दूंगी।'

उस दिन पूनम कॉलेज में कहीं दिखाई नहीं दी....। शाम को घर जाकर मैं ऊपर छत पर चली गयी प्रशांत के उस पुलिंदे के साथ...। मैं उसका पत्र पढ़ने लगी।

फिल्मी गीतों और शायरी से लबरेज था वह पत्र। शायद ही किसी ने किसी को ऐसा पत्र लिखा होगा। पूरे 38 पेज थे। मैं प्रशांत के पागलपन पर हँसती जा रही थी और पत्र पढ़ती जा रही थी। मैं खुद उसमें लिखी शायरी में इतना खो गयी थी कि पता ही नहीं लगा कि माँ कब से मेरे पीछे आकर खड़ी हो गयी है।

—ये सब क्या है?' माँ की आवाज सुनकर मैं चौंक पड़ी थी।

—कुछ नहीं।' मैंने कागजों को छिपाते हुए कहा था।

—मैंने पूछा ना, क्या है। ला दिखला....।'

—कुछ भी तो नहीं माँ। प्रशांत का लैटर है। उसकी एक सहेली को देना है।'

—माई डियर पी.'

उस दिन तुमने मुझ गिरे हुए को उठा लिया था। याद है न...।'

—पल्ली, यह 'पी', कौन है....।'

—हमारी क्लास में है। पूनम।'

—झूठ बोलती है। उसने तुझे यह चिट्ठी लिखी है। शर्म नहीं आती मुझ से झूठ बोलते। क्या इसीलिए कॉलेज जाती है। मैं मर-खप कर तुझे पढ़ा रही हूँ। यह सोच कर कि कल के दिन कहीं अच्छी नौकरी लग जायेगी तो अपनी बहन की पढ़ाई में मदद करेगी। और तू....

—माँ, मैं कसम खाकर कहती हूँ, प्रशांत ने अपनी दोस्त पूनम के लिए यह चिट्ठी लिखी है।'

—फिर झूठ....। उसे लिखी है तो उसे क्यों नहीं दी। तेरे पास कैसे आई?'

—उसने मुझे दी थी कि मैं उसे पूनम को दे दूँ....। तुझे मालूम है न, प्रशांत मेरा राखी-भाई है। हर साल घर आकर राखी बांधता है।'

—बहुत देख लिए ऐसे राखी भाई....।' कहते हुए माँ ने चिट्ठी को चिन्दी-चिन्दी कर डाली....।

मैं चिल्ला उठी थी।....। —माँ यह क्या कर दिया....।'

—जो करना चाहिए था। बेशरम कहीं की।' कहते हुए माँ नीचे उतर गयी थी।

मैं वहीं बैठी-बैठी रोने लगी थी। उस रात, रात भर सो नहीं पाई। एक डर बैठ गया था मन में कि कल जब प्रशांत मिलेगा और चिट्ठी के बारे में पूछेगा तो क्या जवाब दूँगी उसे।

और दूसरे दिन जब प्रशांत के सामने पड़ी तो देखा, वह मुस्करा रहा था। मुझे देखकर बोला – दे दी मेरी चिट्ठी पूनम को?

मैं दुविधा में पड़ गयी। क्या कहूँ इससे। कुछ कहते नहीं बन रहा था।

–न दी हो तो कोई बात नहीं। तूने पढ़ ली थी न।' उसके चेहरे पर शरारत खेल रही थी।

मैंने उसकी ओर देखा। वह मुस्करा रहा था। उसकी मुस्कराहट से मैं अचकचा गयी।

–दरअसल यह चिट्ठी मैंने तेरे लिए ही लिखी थी।' वह कह गया।

–मैं....मेरे लिए?' मैंने पीछे घूम कर अपनी नजरें झुका ली थीं। कुछ क्षणों बाद पलट कर मैंने उससे कुछ कहना चाहा था। लेकिन तब तक वह वहाँ से जा चुका था।

5

दूसरे दिन पृथ्वी थियेटर से लौट कर हमने ऑटो कर लिया। जब भी रात को लेट होती हूँ, देवांगी दी हमेशा मुझे घर तक छोड़ने आती हैं। एक नियम-सा बना लिया है उन्होंने। फिर गेट तक छोड़कर उसी ऑटो से वापिस लौट जाती हैं।

रास्ते में उन्हें प्रशांत के बारे में बतलाती रही। उसकी उदण्डता, रोमांस, उसका फक्कड़पन, उसका लड़कियों के पीछे दौड़ना-सब कुछ के बारे में। उस चिट्ठी के बारे में भी बतलाया और फिर उसके प्रोपोज करने के बारे में भी। देवांगी खुले मूड से सब सुनती रहीं। फिर बोली–

–तो फिर क्या हुआ? तुम तो सपने देखने लगी होगी उसके। कितने सपने देखे....? वे मुस्कराने लगीं।

–कहाँ के सपने दीदी। सपने देखने का मौका ही नहीं मिला। दूसरे दिन लाइब्रेरी में आकर मुझसे बोला –पल्ली, मेरी बात को सीरियसली मत लेना। बुरा भी मत मानना। देख, दोस्ती बड़ी चीज होती है। तू मेरी दोस्त बनी रह, बस। इतना काफी है। कल जरा मजाक करने के मूड में था।'

–लेकिन तुमने तो उसे मजाक में नहीं लिया होगा। बस, औरत में यही कमजोरी होती है। देखो, सच-सच बताना।' वे हँसते हुए बोलीं।

मैं एक क्षण के लिए चुप हो गयी। फिर बोली–मजाक में तो नहीं लिया था। लेकिन ताज्जुब जरूर हुआ था। दसियों लड़कियों के किस्से उसने मुझे खुद बताए थे। ऐसा इन्सान मुझे ही प्रोपोज करे, मैं कुछ समझ नहीं पाई थी....।'

–फिर क्या हुआ?'

–क्या होता। कुछ भी नहीं हुआ।'

–दो-चार दिन तो डिस्टर्ब रही होगी?'

–तुम भी क्या दीदी।' मैं बात को हंसकर उड़ा देना चाहती थी। देवांगी चुप हो गयीं। मैं भी।

कुछ देर बाद देवांगी बोलीं–समय बीतने के बाद बड़ी से बड़ी टीस की याद भी सुख देने लगती है। बस, एक बार झेल जाओ उसे। बाद में बड़ी राहत महसूस होती है। वह टीस मजा देने लगती है। मजा देनेवाली कहानी बन जाती है। और कहानी चाहे

दुखांत हो या सुखांत, सुख ही देती है।'

—क्यों, आपके साथ हुआ कुछ ऐसा।' मैंने उनकी तरफ देखकर पूछ लिया।

—किस के साथ नहीं होता।' वे मुस्कराते हुए बोलीं—जो कहते हैं, नहीं हुआ, वे या तो झूठ बोलते हैं या....'

—या क्या?'

—या डरपोक होते हैं'

—झूठे और डरपोक? ये क्या कह रही हैं?'

—और नहीं तो क्या? उस झूठ और डर पर आदर्श और नैतिकता का मुल्लमा चढ़ा कर अपनी कमजोरी को छिपाने की कोशिश करते हैं। औरतें इस बात में बड़ी माहिर होती हैं।'

—औरत होकर भी आप ऐसा कह रही हैं?' मैंने उनकी ओर आश्चर्य से देखा।

—जो सच है, वह सच है। इस विषय को लेकर औरतें अपनी घनिष्ठ सहेलियों तक से नहीं खुलतीं।'

—इसका मतलब है, आपके साथ भी कुछ हुआ है....।'

—मैंने कहा न, किसके साथ नहीं होता।' कह कर वे जोर से हँस पड़ीं।

—क्या हुआ? आपने कभी बतलाया नहीं। इतने साल हो गए हम दोनों को एक-दूसरे से जुड़े हुए।

—अब क्या ऑटो में बतलाऊँ।' कहते हुए वे फिर हँस पड़ीं। स्ट्रीट लाइट की दूधिया रोशनी में उनके डैन्चर चमक उठे।

कुछ देर के लिए हमारे बीच मौन छा गया। मेरा घर आ गया था। मैं ऑटो से उतरती हुई बोली—अच्छा। आज की शाम मजेदार रही।'

देवांगी ने मुस्करा कर हाथ हिला दिया। ऑटो वाले को ऑटो मोड़ लेने के लिए कहा। ऑटो मुड़कर खाली सड़क पर भागती हुई आँखों से ओझल हो गयी।

मैं धीरे-धीरे अपनी बिल्डिंग की सीढ़ियाँ चढ़ने लगती हूँ।

ऊपर आकर कमरा खोलती हूँ। नाइट लैंप की हल्की हरी रोशनी बिखरी हुई है। मैं स्विच ऑन करती हूँ। कमरा ट्यूब लाइट की दूधिया रोशनी से भर उठता है। फिर पंखे का स्विच ऑन करके मैं कोने पर रखी आराम कुर्सी पर पसर जाती हूँ और आँखें बंद कर लेती हूँ। आँखें बन्द करके मैं महसूस करती हूँ कि नंदू आकर पूरे घर को व्यवस्थित कर गयी है। सब चीजें करीने से रखी हैं। खाना भी बना कर रख गयी होगी। सच, नंदू का कितना सहारा है। वह न होती तो मेरा क्या होता। घरं के रख-रखाव के मामले में मैं उज्जड़ हूँ। भुल्लकड़ भी कम नहीं हूँ। अपने आप रखी हुई चीज को भी इधर-उधर खोजती रहती हूँ। खोजते-खोजते झुंझला जाती हूँ....दूसरे दिन जब नंदू आती हैं, तब वही उसे ढूँढ़कर मुझे देती है....।

थोड़ी देर बाद उठती हूँ। सारी मेन लाइट्स ऑन कर देती हूँ। पूरा घर रोशनी से

भर उठता है। फिर बाथरूम में जाकर फ्रेश होती हूँ। बाहर आकर रेडियो ऑन करती हूँ और रसोई में जाती हूँ। देखती हूँ, डाइनिंग टेबल पर अपना खाना तैयार रखा है। प्लेट है। बाटी हैं। गिलास है। सब्जी और दाल है और तीन चपातियाँ हैं। मेरे लिए इतना काफी है। मैं माइक्रो में खाना गरम करती हूँ। और फिर वहीं मेज पर धीरे-धीरे खाने लगती हूँ।

खाना खाने के बाद बैड रूम में आ जाती हूँ। टी. वी. ऑन करती हूँ। समाचार आ रहे हैं। वही पुराने सुबह वाले समाचार। मैं टी. वी. ऑफ कर देती हूँ। पलंग पर लेट कर साइड लैंप जलाती हूँ और सुबह का अखबार उठा लेती हूँ। एक-दो हैडिंग्ज़ पर सरसरी निगाहें डालती हूँ। लेकिन उनको पढ़ने में मन नहीं लगता। दो-चार पन्नों को यों ही उलटती-पलटती हूँ और फिर उसे एक तरफ सरका देती हूँ, बिस्तर पर ही।

दिन भर की इतनी व्यस्तता और मनोरंजन के बाद भी मन उचाट हुआ सा महसूस होता है। लगता है, सारा शरीर थक गया है। शरीर का पोर-पोर। और मन। मन में भी कुछ खटक-सा रहा है। क्या खटक रहा है, इसको पिन-प्वाइंट नहीं कर पा रही। इसी उलझन में कब आंख लग गयी, पता ही नहीं चला। दूसरे दिन सबेरे फोन की घंटी ने तंद्रा तोड़ी। मैंने उनींदी आँखों से मेज पर रखे हैंड-सैट को टटोला। और आँखें बंद किए ही बोली—हलो... ।'

नया दिन शुरू हो गया था।

6

उस दिन प्रशांत से 'कंदील' में जाकर मिली थी। गंजा हो गया है प्रशांत। बस, कनपटियों पर कुछ सफेद बाल शेष रह गए हैं। शरीर से बहुत बदल गया है। रंग निखर आया है। वह अमरीका के किस्से सुनाता रहा। वहाँ के ऐश्वर्य, वहाँ की सुविधाएँ, वहाँ की टैक्नॉलॉजी—सब कुछ के बारे में। लेकिन उसमें मुझे कोई उत्साह नहीं दीखा। कहने लगा—अपन लोगों के लिए कोई सोशल लाइफ नहीं है वहाँ। बस, पैसा कमा लो। खूब काम कराते हैं, खूब पैसा देते हैं....लेकिन कभी-कभी यह सब बकवास लगता है। काम की जगह से बाहर आने के बाद तुम्हें कोई पहचानता नहीं। हाँ, इतना जरूर है कि अमरीका में बस कर तुम ज्यादा हिंदोस्तानी हो जाते हो। अपना देश याद आने लगता है। देश के त्यौहार, देश के राष्ट्रीय पर्व....देश की मिट्टी प्यारी लगने लगती है लेकिन फिर भी यहाँ लौटा नहीं जाता। सुविधाओं का चस्का जो लग जाता है....कभी-कभी 'इन्डियन मीट्स' में कुछ अपने परिचित मिल जाते हैं। 'विजिटिंग कार्ड्स' का आदान-प्रदान हो जाता है।....थोड़ी 'हाय....हुई' हो जाती है। और फिर बस....। अपने परिवार से बंधे रहो। अपनी पत्नी से, अपने बच्चों से.....कभी-कभी तो मन बड़ा उचाट हो जाता है।

मैं उसकी बातों को सुनती रही। कॉफी-स्नैक्स का एक दौर खत्म हुआ तो उसने दूसरी कॉफी का आर्डर दे दिया। फोन पर उसकी आवाज में जो उत्साह था, वह रेस्तराँ में एक सिरे से गायब था। बहुत देर तक वह अपने बारे में बतियाता रहा। फिर अचानक बोला—'तू तो कुछ बोल ही नहीं रही है।'

—क्या बोलूँ। तुझे सुन जो रही हूँ।'

—मैं जो घंटे भर से बक-बक किए जा रहा हूँ....।'

—उसे सुनने वाला भी तो कोई चाहिए न....।' मैं खुल कर हँस पड़ी थी।

—तू तो कुछ ज्यादा नहीं बदली यार।'

—अरे, बूढ़ी हो गयी हूँ....। तुझे नजर नहीं आती।'

—मुझे तो आज भी तू पल्ली लगती है.... बी. एस. सी. के दिनों वाली। ठीक है, अब तू साड़ी पहनती है लेकिन इसके भीतर भी मुझे तेरा घाघरा ही दिखाई पड़ रहा है. ...वो हरा घाघरा। जरी का मोटी किनारी वाला। याद है....।' वह हँसता हुआ कहता है।

मुझे एक बहुत पुरानी बात याद आ जाती है। कॉलेज के दिनों की बात। प्रशांत

ने अपनी एक दोस्त के साथ इंग्लिश पिक्चर जाने का प्रोग्राम बनाया था। उसकी दोस्त, शायद अनुराधा नाम था उसका। अनुराधा खाडिलकर बड़े बाप की बेटी थी। पिता सचिवालय में किसी अच्छी पोस्ट पर थे मैं लैब में अपना प्रेक्टिकल कर रही थी। मुझे खोजता हुआ वह लैब में आ गया। बोला—पलक, कल मैं उसके साथ पिक्चर जाने का प्रोग्राम बना रहा हूँ.... 'स्ट्रेन्ड' में। तू भी हमारे साथ चलना...।'

—मैं क्या करूंगी जाकर...तुम दोनों जाओ....। अंग्रेजी पिक्चर मेरी समझ में आती नहीं। फिर मुझे घर में काम भी है।'

—काम जाये भाड़ में। बस, तुझे हमारे साथ चलना है।'

—आखिर क्यों....।'

—देख, बात ये है कि अगर तू साथ में होगी तो कोई बाद में हम पर कोई कमैंट नहीं करेगा....तू इतना भी नहीं समझती। तेरा नाम पल्ली नहीं, पिल्ली होना चाहिए था।'

—अच्छा, तो मेरी आड़ में शिकार खेलना चाहता है? क्यों....।'

—तू कुछ भी समझ। लेकिन तुझे आना है....बस....अब आगे कोई 'ना नू' नहीं।'

—ठीक है, तू कहता है तो चली चलूँगी।'

—ये हुई ना बात। बस, एक काम और करना....।'

—अब और क्या....'

—यार जरा ढंग के कपड़े पहन कर आना....।'

—ठीक है....।' कहते हुए मैंने उसकी तरफ घूर कर देखा था।

और दूसरे दिन मैं अपने हिसाब से अपने सबसे अच्छे कपड़े पहन कर कॉलेज आई। वहीं से लैक्चर के बाद पिक्चर जाना था। मैंने जरी की किनारीवाला हरा घाघरा और क्रीम कलर की चोली पहन रखी थी। बालों में मोगरे की एक वेणी भी लगा ली थी। अपनी ओर से मैं सोच रही थी कि मैं खूब सजी-धजी दीख रही होऊँगी। लेकिन जब प्रशांत ने मुझे इस वेश में देखा तो अपना सर पीट लिया। उसके साथ अनुराधा भी थी। टाइट जीन और खुले ब्लाउज में। उसके सैंडिल भी कीमती थे। मैंने अपनी पुरानी हवाई चप्पलें डाल रखी थी। उसके चेहरे के भावों से ऐसा लग रहा था कि वह मुझ पर अब हंसी तब हंसी....। लेकिन वह हंसी नहीं, बस मुस्कराती रही।

—अनु....ये पलक है।' प्रशांत ने उससे मेरा परिचय कराते हुए कहा—'ए जैम ऑफ अवर क्लास....। और पलक, ये अनुराधा है, हिस्ट्री से ऑनर्स कर रही है। मेरी सबसे बढ़िया दोस्त है।

हम दोनों एक दूसरे को देख कर मुस्करा दिए थे। प्रशांत ने कॉलेज गेट के बाहर जाती टैक्सी को रोका और दरवाजा खोलकर पिछली सीट पर बैठता हुआ अनु को अपने पास बिठा लिया।

मैं अभी बाहर ही खड़ी थी।

—खड़ी क्या है पल्ली। चल, आगे की सीट पर बैठ जा....।'

मुझे बुरा तो लगा लेकिन मैं कुछ कह नहीं पाई। अगला दरवाजा खोल कर चुपचाप ड्राइवर के बगल में बैठ गयी। कुछ देर के लिए मूड खराब हो गया। लेकिन बाद में प्रशांत के हँसी-मजाक से मैं जल्दी ही सहज भी हो गयी। मेरी यही कमजोरी रही है कि मैं न किसी गलत बात का विरोध कर सकती हूँ, न किसी को 'ना' कह सकती हूँ। इसके कारण कई बार मुझे अपमान भी सहना पड़ता है, कई बार इसी कमजोरी के कारण संकट में भी पड़ी हूँ। यह कमजोरी तब तक पूरी तरह बनी रही जब तक मैं देवांगी दीदी के सम्पर्क में नहीं आई। एक दिन बातों-बातों में उन्होंने कहा था—बुरा मत मानना पलक, तुम में एक बहुत बुरी आदत है कि तुम गलत बात का विरोध नहीं करती और न ही तुममें किसी से भिड़ने का साहस है। इस दुनिया में जीना है तो थोड़ा साहसी बनो।' उस दिन दिन भर मैं उनकी इस बात पर गंभीरता से सोचती रही। रात को भी नींद नहीं आई। अपने पिछले अनुभवों के बारे में सोचती रही और मुझे लगता रहा कि देवांगी दी ने ठीक ही कहा था। तब से मैं थोड़ा सतर्क अवश्य हुई लेकिन फिर भी काफी अंशों में यह कमजोरी मुझमें अभी तक बनी हुई है।

पिक्चर देखने के बाद हम तीनों एक होटल में गए थे। वहाँ हमने कुछ स्नैक्स लिए और फिर बाद में घर लौटने लगे। अनुराधा ने कहा, वह बस से जाएगी। हम दोनों उसे बस स्टॉप पर छोड़कर लोकल की ओर बढ़ आए। गाड़ी में प्रशांत ने पूछा —कैसी लगी हमारी अनुराधा।'

—अच्छी लगी। लड़कियाँ लड़कों को अच्छी ही लगती है। क्यों....?'

—हाँ, यह तो है।'

—लेकिन तू उसके साथ चल पायेगा.... सब जगह मुँह मारता फिरता है।'

—नहीं यार। तू समझती नहीं। अगर किसी के साथ काँटा भिड़ जाए तो फिर इधर-उधर नहीं भटकूँगा।'

—तेरा क्या भरोसा।'

—क्या बात करती है। आज तक मैंने किसी लड़की को डिच किया क्या। वे ही मेरा खा-पीकर बाद में छिटक जाती हैं।'

—तू है ही ऐसा।'

उसने मेरी पीठ पर एक धौल जमा दी। तू भी ऐसा ही समझती है पल्ली। मेरी बैस्ट फ्रैंड होकर भी।'

—नहीं यार, मैं तो मजाक कर रही थी।'

गाड़ी बांद्रा पर रुकी तो प्रशांत उतर गया—अच्छा पल्ली, कल कॉलेज में मिलेंगे।'

—हाँ....।' मैंने कहा। इतने में गाड़ी चलने लगी।

—वो खानदानी घाघरा पहन कर मत आना कल। कितना ऑड लगता है।' मैं कुछ कहूँ, इससे पहले गाड़ी ने रफ्तार पकड़ ली थी।

शाम डूबने लगी थी। 'कंदील' में लोग आने लगे थे। सभी तरह के लोग। युवा जोड़े। अधेड़ नौकरी पेशा और एकाकी कुआँरे। ऊपर 'फाल्स रूफ' पर जीरो वाट के बल्व झिलमिला रहे थे—'एक रोमांटिक परिवेश का निर्माण करते हुए....।'

—और दारूवाला भाभी के क्या हाल हैं। उन्हें पसंद आया अमरीका।' मैंने पानी का गिलास मेज़ पर रखते हुए पूछ लिया।

—अरे, उसी के कारण तो वहाँ रुका हुआ हूँ। नहीं तो कब का इंडिया लौट आता। ऐसा है पल्ली, इंडिया फिर भी इंडिया है। अपने लोग। अपनी मिट्टी। एक पहचान बनती है यहाँ। वहाँ तो बहाव में बहते हुए तिनके हैं हम। कोई भाव नहीं है हमारा वहाँ। मैंने कहा न, बस, पैसा है, सुविधाएँ हैं। बनावटी सुविधाएँ। कभी-कभी सोचता हूँ, ऐसी सुविधाओं का भी क्या जो अपनी पहचान की कीमत पर खरीदी जाएँ।' फिर कुछ रुक कर वह बोला—छोड़ यार....तू अपनी बता। तेरे साथ बड़ी ट्रेजड़ी हुई। तभी विलास आया था बोस्टन में। उसी ने बतलाया था।...।'

—हाँ, ट्रेजडी तो थी ही। एक औरत के लिए इससे बड़ी ट्रेजैडी और क्या हो सकती है।'

—उसके बाद फिर नहीं सोचा, अपने बारे में।'

—क्या सोचती। तब बंटू दो साल का था। और राज्यश्री पेट में पल रही थी।

—लेकिन कुछ साल बाद तो सोच सकती थी।'

—हिम्मत नहीं हुई। अकेली होती तो शायद सोचती।'

—चल यार। अब तो तू सब झेल आई है।' उसकी आवाज संजीदा हो गयी थी। लेकिन कुछ देर बाद ही वह फिर अपने फॉर्म में आ गया था।

—कोई ब्यॉय फ्रेंड बनाया कि नहीं।'

—कोई बना ही नहीं। हाँ, एक सहेली जरूर बनी। बड़ा सहारा दिया उसने। आज भी बड़ा सहारा है उसका मैंने मुस्कराते हुए कहा?

—धत् तेरे की। मैं ब्यॉय फ्रेंड की बात कर रहा हूँ और तू सहेली को लेकर बैठ गयी। सहेली से अकेलापन कटता है क्या?'

—अकेले तो ब्यॉय फ्रेंडवाले भी रहते हैं और शादीशुदा भी। अकेलापन तो इन्सान की रग-रग में रचा-बसा रहता है। अपने अकेले क्षणों में इन्सान अकेला ही होता है प्रशांत। हम भीड़ में अपने को बहलाते हैं, सोचते हैं, हम बहुत बिजी हैं। लेकिन भीड़ से अलग होकर फिर अकेले हो जाते हैं। हिसाब-किताब करनेवाली मैं रही नहीं। इसलिए अकेलेपन को ज्यादा महसूस करती रही हूँ। आज भी करती हूँ।'

—बस, बस... । ऐसी बड़ी-बड़ी बातें मेरे पल्ले नहीं पड़ती । मैं तो हिसाबी-किताबी हूँ। प्रोफेशन ही ऐसा है। लगता है, इन सालों में तू बड़ी फिलॉसफर हो गयी है।'

—हालात और जरूरतें आदमी को ऐसा बना देती हैं.... ।'

प्रशांत चुप हो गया था। शायद विदेशीपन की भीड़ के बीच उसे उसका अकेलापन कचोटने लगा था।

फिर उसने विषय बदल दिया। हम देर तक कॉलेज के साथियों की, प्रोफेसरों की, लड़कियों की, राजनीति की, राजनेताओं और उनके टुच्चेपन की बातें करते रहे। ऐसी बातों का कोई अंत नहीं होता। बात में से बात निकलती रहती है। हम काफी देर तक बतियाते रहे।

उसने घड़ी देखी। आठ बजने को थे।

—अब चलें। गेस्ट हाऊस में एक क्लाइंट आनेवाला है। साढ़े नौ बजे।' वह बोला।

—चलो, चलते हैं। मेरा भी कल सुबह पहला लेक्चर है। साढ़े सात का। कुछ नोट्स देखने हैं।'

प्रशांत ने बेयरा को बुलाकर बिल लाने के लिए कह दिया।

7

फोटो एलबम मेज पर वैसे ही बिखरे पड़े हैं।

शाम को फातिमा कॉलेज से मेरे साथ ही आ गयी थी। वह मेरी सबसे अच्छी स्टुडैंट है। बी. एस. सी. फाइनल में है। बहुत आदर करती है मेरा। मेरे साथ 'सहयोग' में काम करती है। एक तरह से बहनापा जोड़ लिया है उसने मेरे साथ। अपनी बहनों से मुझे जो नहीं मिल पाया, वह सब भावना के स्तर पर फातिमा अनजाने मुझे देती रहती है। शायद, इसीलिए मैं भी उससे कुछ ज्यादा ही जुड़ गयी हूँ।

—और क्या चल रहा है फातिमा, पढ़ाई कैसी चली रही है।' चाय की प्याली उसे थमाते हुए मैंने पूछा था।

—पढ़ाई तो ठीक ही चल रही है मैडम। इन दिनों थोड़ी टैंशन में हूँ।'

—टैंशन? किस बात की....।'

फातिमा कुछ देर चुप रही। मैंने उससे दुबारा पूछा—'बता न। क्या बात है।'

उराने मेरी ओर देखा—वो अविनाश है न.....आप जानती हैं न उसे।'

—हाँ, हाँ, बहुत अच्छी तरह जानती हूँ। कॉरपोरेटर के बेटे को कौन नहीं जानता।'

—हाँ, वहीं आजकल मेरे पीछे पड़ा है। क्लास में भी ठीक मेरे पीछे वाली सीट पर बैठ जाता है। बीच-बीच में कुछ न कुछ कमैंट करता रहता है।'

—क्या कहता है....।'

—बस ऐसे ही। कुछ भी....। तंग करने के लिए।' उसने चाय की एक छोटी-सी घूँट भर ली।—मुझे यह सब अच्छा नहीं लगता।' प्याली नीचे रखते हुए वह बोली।

—हूँ.....।' मैं सोचने लगी, इससे क्या कहूँ....।

—आप क्या कहती हैं....।' उसने मेरी ओर देखकर कहा।

—ऐसा है फातिमा, देखने में यह सब बहुत मामूली लगता है। इस उम्र के लड़के-लड़कियों के बीच अक्सर ऐसी चीजें चलती ही हैं....।'

—लेकिन मैडम, कभी-कभी इसका अंजाम बहुत भयानक भी हो सकता है....।'

—हाँ, हो सकता है। लेकिन तुम ऐसा क्यों सोचती हो। तुम्हें चिढ़ाने के लिए वह ऐसी वैसी हरकतें करता होगा।' मैंने उसे समझाना चाहा था—डोन्ट टैक इट सो सीरियसली।'

—आप शायद समझ नहीं रही है मैडम। मैं उससे बहुत परेशान हो गयी हूँ। और....।'

—और क्या?' मेरी आँखों में भी चिंता उभर आई थी।

—और कभी भी विस्फोट हो सकता है।' मैंने उसकी ओर देखा। उसकी आँखें भरी-भरी हो गयी थीं और उनमें लाल-लाल डोरे पड़ गए थे।

सहसा ही मैं दहशत में आ गई। उसे छिपाने के लिए मैं कोने पर रखे शो-केश से कुछ फोटो एलबम उठा लाई और उन्हें फातिमा के सामने मेज पर रखते हुए बोली—

—मैं फ्रैश होकर आती हूँ। तब तक तुम इन्हें देखो....।' और मैं भीतर बाथरूम की तरफ चल दी।

कुछ देर बाद मैं बाहर ड्राइंग रूम में आई तो फातिमा वहाँ से जा चुकी थी। मैं बहुत देर तक सोच नहीं पाई कि मैं क्या सोचूँ। फातिमा के बारे में या अविनाश के बारे में या उस विस्फोट के बारे में जिसका संकेत फातिमा ने दिया था।

रात काफी बीत चुकी है, मैं अंदाज लगाती हूँ। सामने दीवाल घड़ी की तरफ देखने को जी नहीं चाहता। शायद इसीलिए कि मैं नहीं चाहती यह जानना कि मैं इस तरह कितनी देर से बैठी रही हूँ...। अशांत।

फोटो एलबमें सामने पड़ी हैं। मैं एक एलबम उठाकर उसके पन्ने उलटने लगती हूँ। एक फोटो पर आकर रुक जाती हूँ। यह अम्मा और अप्पा का फोटो है। शादी की 50 वीं सालगिरह पर लिया गया फोटो। मैंने ही लिया था। हम बहनों ने ही तय किया था कि अम्मा-अप्पा की 50वीं वर्षगांठ मनाएँगे।

मैंने जब अप्पा से यह बात कही तो वे एक फीकी हंसी हंस दिए थे। बोले थे--क्या होगा, इस दिखावे का। तू पचास साल की बात कहती है, हम तो पांच साल भी सुख से जी नहीं पाये। हाँ, कहने के लिए मैं जिंदा हूँ, तेरी माँ भी जिंदा है। लेकिन पच्चीस-तीस साल से हम जिंदा कहाँ हैं। वैसे सोच तो हमारी पहले दिन से ही नहीं मिली। बहुत घमंडी है वह। अपने घरवालों पर बड़ा नाज है उसे। तू, पता नहीं कैसे उसे सह रही है। तेरी और कोई बहिन उसे पाँच दिन के लिए नहीं सहेगी।....मैं शर्त लगाता हूँ....।' कहते-कहते वे चुप हो गए थे।

कुछ देर रुक कर मैंने ही बात शुरू की थी।—अप्पा, माँ जैसी भी है, हम बहनों की माँ तो है। उसने हमें पैदा किया। जैसे भी हुआ, हमें बड़ा किया। हमें पढ़ाया-लिखाया। माना, आपके साथ उसका व्यवहार अच्छा नहीं रहा। लेकिन वह किसके साथ निभा पाई। आज भी मैं ही उसे निभा रही हूँ। अब पता नहीं वह कब लुढ़क जाये, बीमार भी रहने लगी है। इसीलिए सोचती थी कि इसी बहाने एक बार हम सब साथ मिल जाएँ। मैंने बब्बो को भी लिखा है। वह भी मद्रास से आने को तैयार है।

अप्पा कुछ देर तक चुप बने रहे और खाट पर बैठे-बैठे तर-तर आँसू बहाते रहे। मैंने उन्हें रोका नहीं। वे रोते रहे। फिर कुछ देर बाद संयत होकर बोले—'ठीक है। तू

चाहती है तो मना ले हमारी शादी की गोल्डन जुबली।'

—मैं ही नहीं अप्पा। सभी बहिनें चाहती हैं।' मैंने कहा।

—अपनी माँ से पूछा है?'

—अम्मा से क्या पूछना। वह तो खुश हो जाएगी। हम बहिनों से उसे साड़ियाँ, ब्लाउज के कपड़े और कुछ रुपये भी जो मिलेंगे।'

—हाँ, यह तो है। उसकी पुरानी आदत है ये। सब से ले लो। किसी को कुछ मत दो। आभार के या प्यार के दो शब्द भी नहीं। तेरे साथ इतनी बड़ी ट्रेजेडी हुई, तुझ पर भरी जवानी में इतनी बड़ी मुसीबत पड़ी, कितना दुःख मनाया उसने। कितना रोई वह तेरे लिए। तू 25 साल से उसे अपने साथ रखे हुए है। उसने घर के लिए एक पैसा भी खर्च किया? सच बता। तेरे बच्चों के लिए एक केला तक लेकर आई कभी। पता नहीं किस मिट्टी की बनी है यह औरत।

—अब यह सब जाने भी दो अप्पा। बस, उस दिन अपनी तरफ से कुछ ऐसा मत कह देना जिससे किसी को—'माँ को भी ठेस लगे। बाहर के लोग भी होंगे। उनके सामने....।'

—यह मुझसे क्यों कह रही है। अपनी माँ से कहना...।'

—उससे तो कह दी दूंगी।' मैंने अप्पा को आश्वस्त करते हुए कहा था।

फिर घर के पास ही एक छोटे से हाल में हमने अप्पा अम्मा की शादी की गोल्डन जुबली मनाई। कम करते-करते भी सौ-सवा सौ लोग हो गए थे। माँ ने अपनी सभी सहेलियों को बुला लिया था। खूब सजी-बजी थी वह उस दिन। रेशमी साड़ी। गहनों से लदी-फदी। माथे पर बड़ा सा गोल सिंदूरी टीका। उसे देखकर कोई नहीं कह सकता कि वह सालों से अपने पति से अलग रह रही है। अप्पा ने एक पुराना सिल्क का कुरता और लट्ठे का पायजामा पहना था। मैंने उनके लिए नए जूते ले दिए थे। वे उन्हीं को पहनकर आए थे। चेहरे पर पूरी शांति थी और होंठों पर एक सहज मुस्कराहट। वैसे उनका चेहरा हमेशा मुस्कराता रहता था। उसमें कोई व्यंग्य का भाव नहीं होता। सच, मुस्कराते हुए अप्पा कितने अच्छे लगते थे तब। बब्बो ने कुछ फोटो भी खींचे थे। यह फोटो तभी का है।

एलबम बंद करके मैं उठती हूँ और उन्हें अलमारी में रख देती हूँ। घड़ी की ओर देखती हूँ। ग्यारह बजने को है। मैं उठकर बैड रूम में चली आती हूँ।

8

पिछले पखवाड़े से मूसलाधार बारिश हो रही है। मुंबई भी अजीब शहर है। यहाँ की बरसात हर साल लाखों लोगों को उजाड़ कर रख देती है। सड़कों पर नाले बहने लगते हैं। झुग्गी-झोंपड़ियाँ छोटे-छोटे तालाबों में बदल जाती हैं। रेल की पटरियों के बीच पानी भर जाता है। सड़कों पर वाहन नहीं चल पाते। जिंदगी जैसे रुक जाती है। लेकिन जैसे ही बारिश बंद होती हैं, सड़कें सूख जाती हैं। पता नहीं, इतना पानी कहाँ बह जाता है। ऐसे में लगता है कि बम्बई की धरती बहुत प्यासी है, इतना सब कुछ होने के ब्रावजूद।

उस दिन कॉलेज से लौट रही थी कि एक बूढ़े व्यक्ति को सड़क के किनारे पड़े देखा। कोट, पैंट और टाई पहन रखी थी उसने। उसका चश्मा कुछ दूरी पर पड़ा था। वह अब भी अपनी छतरी को हाथ में पकड़े था। राह चलते लोग उसकी ओर देखते और फिर आगे बढ़ जाते। भारी बारिश के बावजूद मैं जिज्ञासावश उस व्यक्ति के पास आकर रुक गयी। उसे गौर से देखा तो मुँह से एक चींख निकल गयी। वे हमारे विभागाध्यक्ष डॉ. कुलकर्णी थे। कोई चार-पांच साल पहले रिटायर हो चुके थे। कुछ लोगों की मदद से मैंने उन्हें उठाया और टैक्सी में लिटा कर पास के एक अस्पताल में ले गयी। अस्पताल में जाँच के बाद डॉक्टरों ने उन्हें मृत घोषित कर दिया। मैं कुछ सोच नहीं पा रही थी कि क्या करूँ। तभी मुझे देवांगी दी की याद आई। जल्दी से फोन किया। लेकिन फोन की घंटी बजती रही और फिर बंद हो गयी। इसी बीच अस्पताल के अधिकारियों ने पुलिस को बुला लिया था। पुलिस की पूछ-ताछ में घंटों बीत गए।

मैंने एक बार फिर देवांगी दी को फोन किया। लेकिन इस बार भी उधर से कोई नहीं बोला। पूछताछ, लिखा-पढ़ी के बाद कोई दस बजे के आसपास घर लौटी। एकदम निढाल और अशक्त। लगता था, शरीर में से जान निकल गयी है....क्या एक कॉलेज का प्रोफ़ेसर भी इतनी उपेक्षित मौत मर सकता है। वह भी दिन दहाड़े। भीड़ के बीच....। कभी-कभी किसी-किसी के लिए मौत भी कितनी बेरहम हो जाती है। मेरा सर घूम रहा था। इजी चेयर पर लुढ़की हुई मैं छत की ओर देखती रही.... बहुत से दृश्य गड्मड्ड होकर सामने आते रहे और घुलते रहे।

उस दिन एम. एस. सी. का रिजल्ट आया था। ठीक साठ प्रतिशत अंक मिले थे मुझे। मैं खुश थी। चलो, प्रथम श्रेणी तो आ गयी। अपने अध्यापकों के लिए पेड़े का एक डिब्बा लेकर कॉलेज गयी थी। सभी प्रोफेसरों ने डिब्बे से एक-एक पेड़ा लेकर मुझे आशीर्वाद दिया था। जब मैं अपने एचओडी डॉ. कुलकर्णी की केबिन में पहुँची तो वे मिस रचना मेहता से बड़ी आत्मीयता से बतिया रहे थे। मिस मेहता उनके निर्देशन में शोध कर रही थी। फर्स्ट इयर से ही वह उनकी विद्यार्थी थी। इन दोनों के संबंधों को लेकर अफवाहें उड़ती थीं। लोगों का कहना था कि जब मिस मेहता बी. ए. में थी, तभी से डॉ. कुलकर्णी के साथ उसका चक्कर शुरू हो गया था। डॉ. कुलकर्णी अपने विद्यार्थियों के बीच बहुत लोकप्रिय थे। उनकी क्लास हमेशा भरी रहती। दूसरे डिवीजन के विद्यार्थी भी उनकी क्लास अटैंड करते। जीवशास्त्र जैसे विषय को पढ़ाते समय वे उसमें इतनी मनोरंजकता भर देते कि पता ही नहीं चलता, पीरियड कब खत्म हो गया।

मैं मिस मेहता को वहाँ बैठा देखकर थोड़ा सकुचा गयी थी। असमंजस में थी कि केबिन में जाऊँ या न जाऊँ। तभी डॉ. कुलकर्णी ने मुझे देख लिया–आओ पलक, अंदर आओ। बधाई।' मेरा ढांढस बंधा और मैं भीतर चली गयी। मैंने उनका चरण स्पर्श किया और पेड़े का डिब्बा उनकी ओर बढ़ा दिया।

पेड़ा उठाते हुए वे बोले–कितना परसैंट है।'

–सर, बस एक्जेक्टली सिक्सटी परसैंट मिला है।'

–कोई बात नहीं। फर्स्ट क्लास तो आ गयी न....।'

–जी।' मैंने मिस मेहता की ओर डिब्बा बढ़ाते हुए कहा।

मिस मेहता ने बड़ी नजाकत से एक पेड़ा उठाया और एक छोटा टुकड़ा तोड़कर अपने मुँह में रखते हुए बोली–थैंक्स। कांग्रेचुलेशन।'

–थैंक यू मैडम।' मैंने मुस्कराते हुए कह दिया।

–अब क्या इरादा है। शादी करोगी न।'

–अभी तो ऐसा कुछ सोचा नहीं है सर। पहले कहीं कोई जॉब खोजूँगी।' मैंने हँसते हुए कहा।

–गॉड ब्लैस यू।'

–अच्छा सर...।'

–मिलती रहना। अच्छा....।'

–जी सर।'

मैं केबिन से बाहर निकल आई। लेकिन मिस मेहता के प्रति सर की वह आत्मीय मुद्रा मेरी आँखों में देर तक समाई रही। यह नहीं कि इनके संबंधों के बारे में मैंने पहले नहीं सुना था। इस कॉलेज में यह कोई नयी बात भी नहीं थी। यहाँ कितने ही प्रोफ़ेसरों ने अपनी स्टुडैंट्स से प्रेम किया और विवाह रचाया। कॉलेज के अधिकारियों ने उसका बुरा नहीं माना। एक बार जब प्रोफेसर शिरीष ने अपनी ही स्टुडैंट श्वेता से प्रेम विवाह

कर लिया तो टी-टेबल पर प्रिंसिपल गोडसे ने मजाक में टिप्पणी करते हुए कहा था—चलो, अपनी एक लड़की बिना दहेज दिए हुए सैटिल हो गयी।'

लेकिन मिस मेहता और डॉ. कुलकर्णी के संबंधों को लेकर मुझे कभी कोई आश्वस्ति नहीं हुई। पिछले सात-आठ वर्षों से उनके संबंध चल रहे थे। मिस मेहता जितनी शोख, खर्चीली और चंचल थी, डॉ. कुलकर्णी उतने ही सीधे, शांत, सरल और मितव्ययी थे। मिस मेहता को अपनी सुंदरता पर बड़ा गर्व था। मेकअप भी वह बहुत गाढ़ा करती थी। आँखों की कोरों का काजल आशा पारीख की भाँति कानों के पास तक एक लकीर बन कर हमेशा खिंचा रहता था। उधर डॉ. कुलकर्णी थे जो हमेशा एक ही कोट और एक ही टाई महीनों तक पहने रहते थे। मैं सोचती रही कि इन दोनों में ऐसी कौन-सी समानता है जो दोनों को इतने सालों से बांधे हुए हैं। एक बार प्रशांत ने कहा था—समानता-वमानता कुछ नहीं है यार। बस, मिस मेहता ने 'सर' को फांस रखा है। कॉलेज के बाहर उसके बीसियों लड़कों से चक्कर चलते हैं। किसी बड़े असामी के फँसाने की फ़िराक में है। कोई मिल गया तो ठीक, नहीं तो सर हैं ही। बेचारे सर, वे तो इसका कॉस्मेटिक्स तक का खर्चा नहीं उठा सकते। अगर इनकी शादी हो भी गयी तो चलेगी नहीं। देख लेना....।'

और सचमुच, प्रशांत का कहना ही सच हुआ। मिस मेहता पी-एच.डी. हो गयी। हालांकि थीसिस का अधिकांश डॉ. कुलकर्णी ने ही पूरा किया था। प्रैक्टिकल से लेकर थ्योरी तक। बाद में डॉ. कुलकर्णी के कारण ही मिस मेहता—अब डॉ. रचना मेहता-एक स्थानीय कॉलेज में लेक्चरर की नौकरी पा गयी। अब उनका मिलना-जुलना कम ही हो गया। मिस मेहता तीसरे-चौथे दिन डॉ. कुलकर्णी से मिलने कॉलेज आ जाती। फिर कुछ देर बाद दोनों टैक्सी में कहीं बाहर निकल जाते। यह क्रम भी कोई साल भर चलता रहा।

अन्ततः एक दिन हमने सुना कि डॉ. कुलकर्णी और मिस मेहता ने कोर्ट मैरिज कर ली है। कॉलेज के अपने कुछ साथी प्रोफेसरों को डॉक्टर कुलकर्णी ने फ़ोर्ट के एक रेस्त्राँ में लंच दिया था। बस....। डॉ. मेहता शादी के बाद भी अपना पुराना 'सरनेम' ही लिखती रही। उनकी पारिवारिक पृष्ठभूमि का किसी को ज्यादा पता नहीं है। बस, इतना ही कहा जाता है कि माता-पिता के निधन के बाद वे अपनी बड़ी बहिन के साथ रहती हैं। बड़ी बहन भी अविवाहित है। इससे ज्यादा उनके बारे में कोई जानकारी नहीं है। डॉ. कुलकर्णी अपनी विधवा माँ के साथ रहते थे। वे अपने माता-पिता की इकलौती संतान थे। एक तरह से वे अब तक माँ को ही समर्पित थे। उनके दोस्त भी नहीं के बराबर थे। इसीलिए उनका अधिक समय कॉलेज में ही बीतता था।

बाद में सुना कि मिस मेहता ने इसी शर्त पर डॉ. कुलकर्णी से विवाह करना स्वीकार किया था कि शादी के बाद वे अपने अलग फ्लैट में रहेंगे। डॉ. कुलकर्णी पर मिस मेहता का जादू इस कदर चढ़ा हुआ था कि उन्होंने बूढ़ी माँ की चिन्ता के मूल्य पर मिस मेहता की यह बात भी मान ली। और बांद्रा की नयी बनी हाउसिंग कॉलोनी में दो

कमरों का एक फ्लैट ले लिया। दादर से, जहाँ वे अपनी माँ के साथ रहते थे, बांद्रा की दूरी ज्यादा नहीं है। इसलिए वे शुरू-शुरू में हर शाम को माँ से मिलने जाते रहे। धीरे-धीरे यह आवागमन कम होता गया और साल के बीतते-बीतते वे रविवार को सिर्फ दो घंटों के लिए माँ से मिलने जाने लगे। कहा जाता है, यह नियम भी मिस मेहता के आदेशों पर बनाया गया था। धीरे-धीरे यह भी देखा गया कि अब डॉ. कुलकर्णी काफी गंभीर रहने लगे थे। क्लास में भी उनकी जिंदादिली और हंसी-मजाक की प्रवृत्ति पहले जैसी नहीं रह गयी थी।

इधर एम. एस. सी. पास करने के बाद मुझे अपने ही कॉलेज में डेमोन्स्ट्रेटर की पोस्ट मिल गयी थी। मैंने भगवान का आभार माना था कि नौकरी पाने के लिए मुझे भाग-दौड़ नहीं करनी पड़ी। अब मैं डॉ. कुलकर्णी की 'कलीग' बन गयी थी। प्रिंसिपल सदाशिवन मेरे प्रति सदाशयी थे। एक दिन अपने चैम्बर में उन्होंने मुझे बुलाया और बोले—मिस पलक, अब तुम जल्दी से पी-एच. डी. कर डालो। इससे तुम्हें लेक्चररशिप पाने में आसानी हो जाएगी।'

—जी सर।'

—डॉ. कुलकर्णी से बात कर लो। उनके 'अंडर' में काम करने में तुम्हें सुविधा होगी।'

—जी, मैं आज ही बात कर लूंगी।'

—एक बात और है।' कुछ सोचते हुए वे बोले।

मैंने प्रश्नवाचक दृष्टि से उनकी ओर देखा।

—तुम मिसेज सावंत को तो जानती ही होगी। हिस्ट्री डिपार्टमेंट में प्रोफेसर हैं।'

—जी, थोड़ा बहुत तो जानती हूँ।' मैंने कहा।

—वे एन.सी.सी. गर्ल बटालियन की ऑफिसर हैं।' कुछ देर रुक कर वे बोले—'वे अगले महीने रिटायर हो रही हैं। मैं इसके लिए तुम्हारा नाम रिकमंड करना चाहता हूँ।'

मैं थोड़ी देर चुप रह गयी थी। एक क्षण में ही मैं सोच गयी कि एक साथ नयी-नयी नौकरी, शोध और एन. सी. सी. का भार मैं सह भी पाऊँगी या नहीं। तभी प्रिंसिपल सदाशिवन बोले—देखो मिस पलक। अभी तुम यंग हो—शायद स्टॉफ में सबसे यंग। यही उम्र काम करने की होती है। ऐसी उम्र में काम को अपने ऊपर ओढ़ लेना चाहिए। इससे इंसान को अपने होने का, अपने विशेष होने का अहसास होता है। आत्मविश्वास के लिए ऐसा अहसास जरूरी होता है। मुझे विश्वास है कि मैं जो कुछ कह रहा हूँ, उसे तुम समझ रही हो।'

—जी, मैं कर लूँगी। आप कहते हैं तो कर लूँगी।'

—मेरे कहने पर मत जाओ। यह बात तुम्हारे भीतर से निकलनी चाहिए। तुम्हें

विश्वास होना चाहिए कि तुम एक अच्छी टीचर के साथ-साथ अच्छी एन. सी. सी. आफिसर भी बन सकती हो।'

—मैं अपनी तरफ से पूरी कोशिश करूँगी सर।'

—कोशिश ही नहीं, अपने पर विश्वास भी करो। देखो, मिस पलक, इंसान को मौकों का फायदा उठाना चाहिए। ऐसे मौके हर किसी को और बार-बार नहीं मिलते। इसे तुम बाद में महसूस करोगी।'

—मैं जानती हूँ सर....।'

—गुड! तो मैं तुम्हारा नाम रिकमंड कर दूँ।'

—जी सर।'

मैं बाहर जाने लगी तो सर ने मुझे रोकते हुए तमिल में कहा—और हाँ, डॉ. कुलकर्णी से आज ही बात कर लो अपनी रिसर्च के बारे में....वे वैसे भी बहुत बिजी रहते हैं।'

—जी सर! मैं आज ही बात कर लेती हूँ।' मैंने भी तमिल में ही उत्तर दे दिया। सच कहूँ, सर का तमिल में बोलना तब मुझे बहुत अच्छा लगा था। मैं उनके प्रति कृतज्ञता से भर गयी।

प्रिंसिपल सदाशिवन के चैम्बर से निकल कर मैं स्टॉफ रूम में आ गयी। मेरे अन्दर विचारों की उथल-पुथल चल रही थी। एक ओर भीतर कहीं उत्साह भी था और दूसरी ओर भय था। सहसा मैं अपने को अपनी उम्र से बड़ी महसूस करने लगी। तभी डॉ. कुलकर्णी ने स्टॉफ रूम में प्रवेश किया। मैं उन्हें देखकर उठने को ही थी कि वे सीधे टी-रूम में चले गए। मैं वहीं अपनी जगह पर बैठी उनके बाहर आने की प्रतीक्षा करने लगी। वे बड़ी देर तक टी-रूम में सहयोगी प्रोफेसरों से बतियाते रहे और फिर प्रोफेसर रामचन्द्रन के साथ अपनी केबिन की ओर चले गए। मैं भी उठकर उनके पीछे-पीछे चल दी। प्रोफेसर रामचन्द्रन उनके साथ ही केबिन में चले गए। मैं केबिन के बाहर बैंच पर बैठकर उनके बाहर आने की प्रतीक्षा करने लगी।

कुछ देर बाद प्रो. रामचन्द्रन बाहर निकले। मैं झट से उठी और डॉ. कुलकर्णी की केबिन में चली गयी। वे शायद कोई किताब खोज रहे थे।

—सर।' मैंने धीरे-से कहा।

उन्होंने मेरी तरफ देखा। —आओ, आओ मिस पलक, बैठो।' वे कुर्सी पर बैठते हुए बोले।

मैं उनके सामने रखी कुर्सी पर बैठ गयी।

—सब ठीक चल रहा है न।'

—जी....।' मैं खामोश हो गयी।

—कोई बात है?' उन्होंने मेरी ओर देखा।

—जी....। सर, मैं रिसर्च करना चाह रही थी।....आप की गाइडेंस में।' मैं किसी

तरह कह गयी।

—मेरी गाइडैंस में।' वे कुछ सोचने लगे।

—मिस पलक, अच्छा लगा सुनकर कि तुम आगे अपनी पढ़ाई करना चाहती हो। लेकिन मेरे पास तो कोई सीट खाली नहीं है....।'

—सर, मुझसे प्रिंसिपल सदाशिवन ने कहा था कि आपसे मिल लूँ....।'

—वो तो ठीक है। लेकिन मैंने कहा न, अभी कोई सीट खाली नहीं है। और साल भर तक कोई उम्मीद भी नहीं है।'

—तो सर....।' मैं थोड़ी रुआँसी हो गयी थी। कुछ सोच कर डॉ. कुलकर्णी बोले—मुझे हफ़्ते भर बाद याद दिलाना। कुछ न कुछ करने की कोशिश करूँगा...।'

—थैंक यू सर....।' मैं उठने लगी।

—और लैब में काम ठीक चल रहा है न?'

—जी सर, वहाँ कोई प्रॉब्लम नहीं है।'

—गुड....।'

—थैंक्स सर। मैं अगले हफ्ते आप से मिल लूँगी....।'

—श्योर...।' उन्होंने एक किताब उठा ली थी और उसके पन्ने पलटने लगे थे। मैं बाहर निकल आई....।

अभी चार दिन भी नहीं बीते थे कि वे मेरी लैब में आ गए। बोले—मिस पलक, प्रैक्टिकल के बाद मेरी केबिन में आ जाना। देयर इज सम गुड न्यूज फॉर यू।'

—जी सर।' मुझे कहीं लगा कि मेरी रिसर्च के बारे में ही कोई बात होगी....। मेरे दिल की धड़कन बढ़ने लगी थी।

प्रैक्टिकल के बाद जब मैं उनकी केबिन में पहुँची तो उन्होंने मुझे प्यार से बिठाते हुए कहा—मिस पलक, क्या तुम रिसर्च करने को लेकर सीरियस हो....।'

—'बिल्कुल सीरियस हूँ सर। मैं आपको विश्वास दिलाती हूँ, मैं टाइम पर अपना काम पूरा कर लूँगी....।'

—मुझे तुम पर विश्वास है। लेकिन फीमेल्स के साथ एक दिक्कत यह होती है कि वे बीच में ही काम छोड़ देती हैं। शादी कर लेती हैं। फिर बाल-बच्चे....। साइंस फैकल्टी में इन्स्टीटयूशन का बड़ा खर्च होता है। वो सब यों ही बेकार चला जाता है....।'

—मेरे साथ ऐसा कुछ नहीं होगा सर। रिसर्च पूरी करने के बाद ही शादी के बारे में सोचूँगी...।'

—श्योर!

—श्योर सर।'

—मैंने बीएआरसी में डॉ. शानबाग से बात की थी। वे तुम्हें लेने का तैयार हैं। मैंने

तुम्हारे बारे में सब कुछ बतला दिया है कि तुम हार्ड वर्किंग हो, सिंसियर हो और यह भी कि जब तक तुम्हारी रिसर्च पूरी नहीं होती, तुम शादी-वादी के झमेले में नहीं पड़ोगी।' कह कर वे हँसने लगे....।

मैं भी मुस्कराने लगी।

—तो तुम एक-दो दिन में बीएआरसी जाकर डॉ. शानबाग से मिल लो। जूलॉजी में उनका बड़ा नाम है। उनके अन्डर में काम करोगी तो बहुत कुछ सीखने को मिलेगा। कुछ मुश्किल पड़ेगी तो मैं भी तुम्हारी हैल्प कर दूँगा....। ठीक....?'

—वैरी-मैनी थैंक्स सर। मैं कल ही जाकर उनसे मिल लूंगी।'

—डॉ. शानबाग थोड़े सनकी हैं। गुस्सा भी बहुत जल्दी हो जाते हैं। क्रॉनिक बैचलर जो हैं। तुम उनकी किसी बात का बुरा मत मानना...। वे जितनी जल्दी गरम होते हैं, उतनी जल्दी ठंडे भी हो जाते हैं....और एक बात है।'

—क्या सर।'

—वे अपने रिसर्च स्टुडैंड्स से कस कर काम लेते हैं। उसके लिए तुम्हें तैयार रहना होगा।'

—सर, काम को लेकर आपको कोई शिकायत नहीं मिलेगी। आई प्रॉमिज सर।'

—तो ठीक है। विश यू ऑल सक्सेज। डॉ. शानबाग से जल्दी मिल लो।'

—जी सर, थैंक यू सर।'

मैं उत्साह से भरी डॉ. कुलकर्णी की केबिन से बाहर निकल आई। उस दिन घर लौटते हुए मैं तरह-तरह के विचारों और भावी के सपनों में खोई रही। क्या इतनी जल्दी और इतनी आसानी से यह सब कुछ सबको मिल पाता है। डेमॉन्स्ट्रेटरशिप। एन. सी. सी और रिसर्च की संभावनाएँ....।

मुझे लगा, मेरा भाग्य मेरा साथ दे रहा है।

लेकिन घर पहुँचते ही मेरी सारी खुशी, सारे सपने हवा हो गए। अम्मा अप्पा पर जोर-जोर से चिल्ला रही थी। वही ताने, वहीं व्यंग्य—जो आए दिन दोहराए जाते थे—तुम से शादी करके मैंने क्या पाया। तीन सालों में तीन बेटियाँ दे दीं और उनकी जिम्मेदारी मुझ पर लाद दी। कभी सोचा, इनके बारे में। सब जवान हो रही हैं।....दो महीने हो गए मिल से निकले हुए। कभी कोई कोशिश की काम ढूंढ़ने की। बैठे-बैठे मेरी कमाई खा रहे हो।....बेशर्म कहीं के।

अप्पा चुपचाप चारपाई पर बैठे रो रहे थे। सब्बू एक कोने में गुमसुम खड़ी थी।

—मैं नहीं होती तो लड़कियाँ सड़कों पर आवारा घूमतीं। मैंने ही इनको लिखाया-पढ़ाया। इनकी देख-भाल की। इन पर नजर रखी। नहीं तो जवान लड़कियों को बिगड़ते कितनी देर लगती है। अभी दो-दो लड़कियाँ कुंआरी बैठी हैं। कभी सोचा इनके

बारे में....।'

अम्मा शायद बोलती ही जाती लेकिन मुझे देखकर चुप हो गयी। मैं कमरे के भीतर आती हुई बोली—अम्मा! तुम्हें कुछ शरम भी है या नहीं। यों ही बोले जा रही हो। चाल के लोगों के सामने आए दिन तमाशा करती रहती हो।'

—तू चुप रह पलक। तुझे एमएससी तक पढ़ा दिया मैंने तो तेरी भी जबान चलने लगी। तू अपने को ज्यादा मत समझ। मुझे टोकती रहती है।'

—तुम्हारा बिहेवियर ही ऐसा है अम्मा।'

—अच्छा, अब तू मुझे बिहेवियर सिखाएगी। पिछले पच्चीस सालों से घर चला रही हूँ। तुम सब को पाला है मैंने। इस आदमी ने कभी कोई जिम्मेदारी उठायी? बस, अपनी मनमानी करता है बैठा-बैठा...। मालूम है, आज इसने क्या किया।'

—क्या किया?'

—मैं तेल के लिए दस रुपये रख गयी थी। इसने उठाकर झाड़ू वाली को दे दिए। बुढ़ापे में रोमांस कर रहा है।'

—चुप भी रह बेवकूफ।' अप्पा क्रोध से उठते हुए बोले—उसकी बेटी को हैजा हो गया है। वह उसे अस्पताल ले गयी है। ऐसे मौके पर उसकी मदद कर दी तो कौन-सा पाप कर दिया। कुछ भी अनाप-शनाप बोलती रहती है।' वे हांफते हुए बोले।

—हाँ, मेरा बोलना सब को सुनाई देता है। तुम्हारी करतूतों को कोई नहीं जानता। बच्चों की शादी में तीन दिन के लिए तिरची गए तो मेरी बहिन पर ही डोरे डालने लगे। मैं तुम्हें जानती नहीं हूँ क्या। शुरू से ही तुम्हारी आदत बिगड़ी हुई है। किस घड़ी में मेरे माँ-बाप ने तुम्हारे साथ शादी कर दी। एक मिल मैकेनिक। जिसकी समाज में कोई इज्जत नहीं। जिसे कोई पूछता नहीं। मेरे घरवालों की अकल भी मारी गयी थी....।' कहते-कहते अम्मा की आँखों में आँसू भर आए थे।

अम्मा की आँखों में आँसू भरने का मतलब था कि अब यह महाभारत जल्दी ही समाप्त हो जाएगा। मैंने अप्पा की ओर देखा। वे गुस्से में थरथरा रहे थे। मैंने उन्हें शांत रहने का इशारा किया। वे धम्म से चारपाई पर बैठ गये। अप्पा अब शांत थे। उन्होंने अपने आँसू पोंछ लिए थे।

—अप्पा!' मैंने धीरे-से उनके कंधे पर हाथ रखकर कहा।

अप्पा फिर बिखर गए। बहुत उदास और उखड़े हुए स्वर में बोले—अब यह रोज की खिटखिट नहीं सही जाती पल्ली। बहुत सह लिया मैंने। अब और नहीं सहा जाता। मैं बब्बो के पास मद्रास चला जाऊँगा।'

—अम्मा की आदत तो तुम जानते ही हो अप्पा। वह शुरू से ही ऐसी है।' मैंने उन्हें समझाते हुए कहा।

अप्पा कुछ देर चुप रहे। फिर जैसे अपने आप से कहने लगे—'वह समझती है कि वही घर चला रही है। ठीक है, उसने तुम लोगों की पढ़ाई की जिम्मेदारी उठायी। लेकिन

मैंने कुछ कम किया क्या? यह खोली खरीदी। खाने-पीने, राशन, बिजली-पानी का सारा खर्च मैंने उठाया। मिल बंद होने के बाद भी सारा खर्च मैं ही उठा रहा हूँ। अपने पी. एफ. से। उस पर रोज की यह चक-चक। बड़ी तकलीफ होती है पल्ली। बचे हुए पी. एफ. के ब्याज से चार-साढ़े चार सौ महीना मिल ही जाएँगे। मद्रास में इतना काफी है। बब्बो को भी कुछ मदद हो जाएगी। उसका हाथ भी तंग रहता है। उसी के घर में किसी कोने में पड़ा रहूँगा।' उन्होंने मेरी तरफ से अपना मुँह फेर लिया।

मुझे अप्पा पर बड़ी दया हो आई। उनके और पास सरक कर बोली—'इतना नहीं सोचते अप्पा। सब ठीक हो जाएगा।'

—क्या खाक ठीक हो जाएगा। अब तो और भी बुरा होगा। बेकार जो हो गया हूँ....।' वे सिसकने लगे।

अप्पा को सिसकता देख कर सब्बू बाहर निकल गयी। मैं उठी और चाय बनाकर ले आई। मैंने एक गिलास अप्पा की ओर बढ़ाते हुए कहा—लो अप्पा, चाय पी लो...।'

अप्पा ने गिलास लेकर मेज पर रख दिया।

—मैं जितना कर सकता था, मैंने किया। लेकिन उसे कभी संतोष नहीं हुआ। मिल से कर्जा उठाकर मैंने बब्बो की शादी की। उसका हफ्ता पिछले साल तक भरता रहा। उस की नौकरी के लिए भी कितनों के हाथ-पैर जोड़े। तब कहीं जाकर उसे मद्रास कारपोरेशन के स्कूल में टीचर मिली। मैं और क्या कर सकता था। अपने किए को बार-बार दोहराने की आदत मुझे नहीं है। बस, इसीलिए मार खा गया।'

मैंने मेज से चाय का गिलास उठाकर अप्पा के हाथ में पकड़ा दिया—लो चाय पी लो।' उन्होंने एक घूंट भरी और फिर उसे मेज पर रख दिया। वे बोलते रहे—उसे अपने परिवार का बड़ा घमंड है। भाई लोग अच्छी पोस्ट पर हैं। बस, इसीलिए मुझ पर ताना मारती रहती है। मैं पूछता हूँ, क्या उन्होंने हमें कभी कुछ दिया। बब्बो की शादी के वक्त उनसे पांच हजार देने को कहा था। लिख दिया—अभी तो कुछ देना मुश्किल है। गांव में मकान बनवा रहे हैं। मकान बनवा सकते थे, अपनी भानजी की शादी के लिए पांच हजार कर्ज नहीं दे सकते थे। इस पर भी उसे अपने भाइयों पर इतना घमंड है। अरे, इतना ही घमंड था तो किसी अफसर से शादी कर लेती। मेरे पल्ले क्यों बंधी।'

उस शाम मैं अप्पा को बड़ी मुश्किल से शांत कर पाई थी। वे बहुत आहत हो गए लगते थे। उन्हें देखकर कॉलेज में हुई बातों को बतलाने का मेरा उत्साह भी हवा हो गया था।

9

आज सोमवार है।

सोमवार का दिन मेरे लिए बड़ा व्यस्त दिन रहता है। दो लेक्चर और फिर तीन घंटे का प्रैक्टिकल। अब उम्र भी हो गयी है। जल्दी थक जाती हूँ। दो साल बाद रिटायर हो जाऊँगी। तब कहीं आराम मिलेगा। मैं प्रैक्टिकल पूरा करके टी-रूम में आकर चाय पी ही रही थी तभी चपरासी ने अंदर आकर कहा—मैडम, दो लड़कियाँ आपसे मिलने आई हैं। बाहर खड़ी हैं।'

—अभी आती हूँ। उनसे कहो, स्टाफ रूम के बाहर बेंच पर बैठ जाएँ।' मैंने चाय सुड़कते हुए कहा।

—वे वहीं बैठी हैं मैडम।'

—ठीक है....।'

चपरासी चला गया। मैं साथ बैठी कलीग से बतियाती रही। इधर-उधर की बातें। साड़ियाँ। हब्बी। बच्चे। सब्जी। बढ़ती हुई महंगाई। बच्चों की बढ़ती मांगें। स्कूली पढ़ाई। बहुत कम बार ऐसा होता है कि दो महिला अध्यापक पढ़ाई-लिखाई की बातें करें। इस मामले में पुरुष अध्यापक—कुछ थोड़े से पुरुष अध्यापक सुधरे हुए होते हैं। लेकिन इन पच्चीस-तीस सालों में हमारे स्टॉफ रूम का माहौल भी काफी बदल गया है। अब ये लोग भी एकेडेमिक बातें नहीं करते। अखबार में सबसे पहले शेयर बाजार वाला पन्ना पढ़ते हैं या फिर उसमें छपी कोई सनसनीखेज खबर। उदारीकरण के इस युग में सामाजिक सरोकारों की किसी को परवाह नहीं है। सब अपना बैंक बैलेंस बढ़ाने की स्पर्धा में लगे हैं। कॉलेज में अब पढ़ाई नहीं होती। कोचिंग क्लासेस में होती है। कॉलेज के कई प्रोफेसर कोचिंग क्लासेस में पढ़ाते हैं। कइयों ने तो कीमती कारें भी खरीद ली हैं। कॉलेज का वेतन तो गाड़ी में पेट्रोल भराने में खर्च हो जाता है। वेतन तो उनकी छुट्टा कमाई है। असली कमाई तो कोचिंग क्लासेस और ट्यूशनों से होती है। शिक्षा और शिक्षक कहाँ जा रहे हैं। कभी-कभी मैं सोचने लगती हूँ। जब हमारी पीढ़ी शिक्षक बनती थी तब कुछ तो मूल्य और आदर्श बाकी थे। आज उनका कोई अता-पता नहीं है।

कुछ देर बाद मैं टी-रूम में बाहर निकली। देखा, दो लड़कियाँ बैंच पर बैठी मेरी प्रतीक्षा कर रही हैं। मैंने पहचानने की नजर से उनकी तरफ देखा। तभी उनमें से एक बोली—

—हम प्रोफेसर पलक से मिलने आई हैं।'

—मैं ही पलक हूँ...। कहो क्या बात है।'

दोनों लड़कियाँ खड़ी हो गयीं। औपचरिक अभिवादन के बाद एक ने कहा—मैं कुसुम हूँ। फिर दूसरी की तरफ इशारा करते हुए बोली—यह शबनम है। हम दोनों गाँधी कॉलेज में बी. ए. में पढ़ती हैं।'

—अच्छा, अच्छा। तो तुम डॉ. देवांगी के कॉलेज में पढ़ती हो।'

—जी। उन्होंने ही हमें आपके पास भेजा है। वे पूना गयी हुई हैं किसी सेमिनार में। जाते-जाते कह गयी थीं कि हम आप से मिल लें। 'सहयोग' के बारे में जानने के लिए।'

—मैं समझी।' मैं बोली—चलो केबिन में बैठ कर बातें करते हैं।' कहते हुए मैं आगे बढ़ गयी। लड़कियाँ मेरे पीछे-पीछे चलने लगीं।

केबिन में दोनों को अपने सामने बिठाकर मैंने कहा—तो तुम भी 'सहयोग' में काम करना चाहती हो। यह बहुत अच्छी बात है। यही उम्र है जब इंसान को अपना रास्ता चुनना चाहिए।

—जी।' कुसुम ने मुस्कराते हुए कहा।

पहले मैं तुम्हें इसकी बैकग्राउंड बता दूँ। यह ऐसा है कि देवांगी जी ने कोई 20 साल पहले 'सहयोग' संस्था बनायी थी। अपने अकेले दम पर। कांदिवली के पास एक स्लम है गाँधीनगर। यानी हजारों झोपड़पट्टियाँ हैं। कई लाख लोग वहां रहते हैं। देवांगी जी तब बोरीबली में रहती थीं। उनकी एक नौकरानी थी जो रोज गाँधीनगर से काम करने के लिए आती थी। जब भी देवांगीजी के पास समय होता, वे अपनी नौकरानी पार्वती से बतियाती थीं। पार्वती की भी अपनी कहानी है। खैर, उसे छोड़ो। यों कह लो कि पार्वती के हालातों को देख-सुनकर ही देवांगी जी ने गाँधीनगर में समाजसेवा का काम करने का मन बना लिया। उसी दौरान उनके दाम्पत्य जीवन में कुछ ऐसा हादसा हुआ कि वे अधिक से अधिक बाहर रहना चाहने लगीं।

—क्या हादसा हुआ था मैडम।' कुसुम के मन में जिज्ञासा जाग उठी थी।

—हादसा! तुम्हें बाद में फिर बता दूँगी।' मैंने मुस्कराते हुए कहा।

शबनम बड़े ध्यान से मुझे देखे जा रही थी।

अपनी बात आगे बढ़ाते हुए मैंने कहा—आमतौर पर गरीब लोग रहते हैं वहाँ। कुछ अच्छे परिवार भी हैं। लेकिन उनके पास इतना पैसा नहीं है कि कहीं अच्छी जगह, अच्छा घर लेकर रह सकें।' मैंने दोनों की ओर देखा।

—यही पर देवांगी जी ने अपना काम शुरू किया। पहले उन्होंने बस्ती में जाकर कुछ पढ़े-लिखे लोगों से मेल-जोल बढ़ाया। कुछ उत्साही लड़के भी उन्हें मिले। उनकी मदद से उनका झोपड़पट्टी में आना-जाना शुरू हो गया। कुछ ही दिनों में वे वहाँ की काफी औरतों से घुलमिल गयीं। अब वे औरतें अपना दुखड़ा देवांगीजी को सुनाने लगीं।

बेरोजगारी, शराबी पति की प्रताड़ना, बच्चों की आवारागर्दी, घर कामवालियों की अपने दूध पीते बच्चों के रख-रखाव की चिंता, कर्ज देनेवालों की खुराफातें—यों समझो कि उनकी बीसियों समस्याएं थीं। तब देवांगी जी ने अपनी तरह से उनकी मदद करने की सोची। उन्होंने एक संस्था बनायी। उसका नाम 'सहयोग' रखा। संयोग से कुछ लड़के उनके साथ आ गए। वे स्कूल में पढ़ते थे। बाकी वक्त में उनके पास कोई काम नहीं था। देवांगी जी ने इनको इकट्ठा करना शुरू किया। उन्हें समझाया कि अपने लिए तो सभी जीते हैं। दूसरों के लिए जीना ही सच्चा जीना है। लड़कों को पहले उनकी बात समझ में नहीं आती थी। लेकिन धीरे-धीरे वे समझने लगे। देवांगी जी ने इन लड़कों की पढ़ाई में मदद की। इससे कुछ ही समय में वे उनके अपने हो गये। इससे देवांगी जी की हिम्मत बढ़ी। लेकिन उन्होंने बहुत सोच-विचार के बाद उन अभागी औरतों के लिए काम करने का निश्चय किया जो या तो विधवा थीं और जिनके पास अपनी आय का कोई साधन नहीं था या जिन्हें उनके पति ने छोड़ दिया था। कुछ ऐसी भी औरतें थीं जो अपने पति की क्रूरता और आदतों से दुखी होकर अपने माता-पिता के घर लौट आई थीं। लेकिन यहाँ भी वे सुखी नहीं थीं। देवांगीजी ने उनको पास की बिल्डिंगों में घरेलू काम दिलाने की कोशिश की। वे ही उनका वेतन तय करतीं। काम के घंटे और छुट्टियाँ तय करतीं। बीमारी की हालत में उनकी सहायता के लिए मालिक से एक मुश्त रकम तय करतीं। कुछ ही महीनों में कोई 50 औरतों को उन्होंने अच्छे घरों में काम पर लगा दिया।' इतना कह कर मैं लड़कियों की प्रतिक्रिया देखने के लिए रुक गयी। मैंने महसूस किया कि कुसुम कुछ पूछना चाह रही है।

—हाँ कुसुम, क्या बात है?' मैंने उससे पूछा।

—मैडम।' कुसुम कुछ संकोच के साथ बोली—इसमें तो देवांगी मैडम का काफी समय लग जाता होगा।' क्या ये औरतें अपनी कमाई से मैडम को कुछ देती होंगी। यानी इससे उन्हें क्या फायदा....।'

—हाँ, फायदा तो बहुत हुआ।' मैंने बीच ही में कुसुम की बात को काटते हुए कहा—'लेकिन कुसुम, फायदे को सिर्फ पैसों के फायदे से नहीं तोलना चाहिए। आज तुम्हारी मैडम जो कुछ भी हैं, वह इसलिए नहीं है कि वे एक कॉलेज में प्रोफेसर हैं। आज पूरा गांधीनगर देवांगी जी पर जान देता है। उनकी एक आवाज पर सैंकड़ों औरतें इकट्ठा हो जाती हैं। उनकी प्रेरणा से आज कितनी ही अभागी औरतें अपने पाँव पर खड़ी हो चुकी हैं। आज वहाँ, उन लोगों के लिए काम करनेवाले वर्कर्स की तादाद 30-35 के आसपास है। मैं खुद पिछले 8 सालों से उन लोगों के बीच काम कर रही हूँ। और मुझे भी कम फायदा नहीं हुआ है। दूसरों के लिए काम करने से, उनकी मुसीबतों और कठिनाइयों के वक्त उनका हौसला बनाए रखने से बड़ा सुख मिलता है। बड़ा संतोष होता है मन में कि हमारे कारण किसी का कुछ भला हुआ।.... तुम मेरी बात समझ रही हो न।' मैंने कुछ हास्य-भाव से कुसुम की ओर देखा।

—जी मैडम।' कुसुम की आँखें झुकी हुई थीं।

—और तुम, शबनम?

—मुझे आपकी बातें बहुत अच्छी लग रही हैं मैडम।' शबनम के स्वर में अपनापन था।

—आज वहाँ हफ्ते में दो बार बारी-बारी से दो डाक्टर आते हैं। उनकी छोटी-बड़ी बीमारियों का इलाज करते हैं। मुफ्त में दवाइयाँ बाँटते हैं। गम्भीर मरीजों को कारपोरेशन के अस्पतालों में दाखिल करवाते हैं। हमारे कुछ साथियों ने इन औरतों के बच्चों को पढ़ाने की जिम्मेदारी भी ले ली है। जो बच्चे पहले दिन भर गलियों में आवारा घूमते थे, आपस में छोटी-छोटी बातों को लेकर हाथापाई करते थे, अब अपनी जिम्मेदारी समझने लगे हैं। जब उनके माँ-बाप काम पर जाते हैं तो वे अपने घरों की सफाई करते हैं, नलों से पानी भरते हैं। गाली-गलौज और मारा-मारी नहीं करते....शाम को पढ़ाई करते हैं। पढ़ाई में मन लगाते हैं। उन्हें यह बात अच्छी तरह समझा दी गयी है कि पढ़ कर ही वे आगे आ सकते हैं। कल को अपने पाँव पर खड़े हो सकते हैं। हम उन्हें मुफ्त किताबें देते हैं। स्लेटे देते हैं। कॉपियाँ देते हैं। पेंसिल, रबड़ और कलम देते हैं।' कहकर मैं चुप हो गयी, फिर से उन लड़कियों की प्रतिक्रिया देखने के लिए।

इस बार शबनम बोली—लेकिन मैडम, इस सब में कुछ खर्च तो होता ही होगा।'

—हाँ होता है। काफी खर्च होता है। हमने उसका भी इंतजाम किया है। गाँधीनगर में एक कॉ-ऑपरेटिव बैंक है। उसमें अपनी मेम्बर औरतों का एक बचत खाता खुलवा दिया है। सब का एक खाता। उसमें हमारी मेम्बर हर महीने दस रुपये जमा करती हैं। इसे हम सहयोग धन कहते हैं। सहयोग धन में मैं ढाई सौ रुपया महीना डालती हूँ। तुम्हारी देवांगी मैडम पाँच सौ रुपया महीना देती हैं।

—वे पाँच सौ रुपये क्यों देती हैं मैडम।' यह कुसुम की जिज्ञासा थी।

मुझे हंसी आ गयी। बोली—'वे दे सकती हैं तो देती हैं। सीधी सी बात है। जानती हो आज 'सहयोग' में कितना धन जमा हो गया है।'

—कितना मैडम?'

—इन दस-बारह सालों में चार लाख से ऊपर हो गया है। हालाँकि बीच-बीच में खर्च भी होता रहता है। पिछले तीन-चार सालों से हमें कुछ लोगों से आर्थिक सहायता भी मिलने लगी है।

—चार लाख।' कुसुम की आँखें आश्चर्य से खुली रह गयीं।

—यह तो कुछ भी नहीं है कुसुम....। हमारी मुम्बई में बहुत पैसा है। और अच्छे कामों में पैसों देनेवाले लोगों की कमी नहीं है। बस, जरूरत इस बात की है कि उन्हें ठीक तरह से एप्रोच किया जाये....। सही तरीके से, सही लोगों द्वारा एप्रोच किया जाये। खैर, यह बताओ, तुम्हारे पिता क्या करते हैं?'

—बप्पा की फैक्ट्री है मीरा रोड में। लोहे की छड़े बनती हैं वहाँ। बिल्डरों को

सप्लाई होती है।'

—तब तो फैक्ट्री काफी बड़ी होगी।'

—बड़ी ही समझिए मैडम।' कुसुम मुस्कराती हुई बतलाती है।

—कितने लोग काम करते हैं वहाँ।'

—ठीक तो मुझे मालूम नहीं। वैसे साठ-सत्तर कामगार तो होंगे ही।'

—अरे वाह। छड़ें बनाने की फैक्ट्री में इतने कामगार काफी होते हैं। और शबनम, तुम्हारे अब्बाजान भी बिजनेस में हैं क्या?'

—जी! उनका लकड़ी का कारखाना है।'

—बड़ा कारखाना है?'

—जी, काफी बड़ा कारखाना है। पहले दादा जी काम देखते थे। अब्बाजान मिलिट्री में मेजर थे। दादाजान की मैयत के बाद उन्होंने नौकरी छोड़ दी और कारखाने का काम संभाल लिया।'

—अच्छा, अच्छा।' कहती हुई मैं सोचने लगी, देवांगी दी जितनी भावुक और संवेदनशील हैं, उतनी ही व्यावहारिक भी हैं।

—ऐसा है शबनम, हम गाँधीनगर में एक स्कूल खोलना चाह रहे हैं। लड़कियों के लिए। जमीन के लिए कलेक्टर से बातचीत चल रही है।'

—मैडम, लड़कियों के लिए ही क्यों? लड़कों के लिए क्यों नहीं।'

—तुमने एक कहावत सुनी होगी। पैर उतने ही फैलाओ जितने चादर में समा सकें। हम सभी इतना भी कर ले जायें तो यह बड़ी बात होगी। हाँ, उसी स्कूल की बिल्डिंग में एक छोटी-सी डिस्पेंसरी खोलने का भी इरादा है। छोटी-मोटी बीमारियों के लिए। उसमें औरतें और मर्द सभी आ सकते हैं।'

—मैं समझ गयी मैडम।' कुसुम बोली।

इरा राब के लिए पैरा चाहिए। चाहिए कि नहीं।'

—चाहिए तो....।'

—बस, यह समझाने के लिए ही देवांगी दी ने तुम्हें मेरे पास भेजा है। इस काम के लिए हमें कुछ वालिंटियर चाहिए।'

—मैडम, हमें कौन पैसा देगा।'

—तुम्हें नहीं देगा। 'सहयोग' को देगा।'

—तो?'

—पहले हम लोग संस्थाओं से, धनी व्यापारियों से और दूसरे समर्थ लोगों से बात कर लेंगे। उन्हें अपनी योजना समझाएँगे। योजना का फायदा बतलाएँगे। इसके बाद ही हम नए लोगों को उनके पास भेजेंगे। पैसा आसानी से नहीं मिलता। उसके लिए कई चक्कर लगाने पड़ते हैं। बार-बार उनके पास जाना पड़ता है। उनसे मिलने का इंतजार करना पड़ता है। तब कहीं जाकर काम बनता है। समझी न। वैसे मैं भी उन लोगों के

पास जाऊँगी।'

—..........'

—बस, तुम्हें यही दौड़-भाग का काम करना है। हम तुम्हें बतलाएंगी कि कब किसके पास जाना है और उससे क्या कहना है।'

—ठीक है मैडम।' शबनम बोली और बोलते हुए उसने कुसुम की ओर देखा। मैंने लक्ष्य किया कि कुसुम भी काम करने के लिए राजी है।

—हम और तो कुछ नहीं कर सकती। हाँ, तुम्हें भत्ता जरूर देंगी।'

—उसकी कोई जरूरत नहीं है मैडम। हम मैनेज कर लेंगे अपनी पॉकेट मनी से।' शबनम ने कहा।

—हाँ मैडम। हम मैनेज कर लेंगे।' कुसुम भी बोली।

—बस, यही स्पिरिट होनी चाहिए। आज तुम इस काम की गहराई और गम्भीरता को नहीं समझोगी। लेकिन कल जब तुम इस नए स्कूल में हँसते-किलकते, अपनी पढ़ाई में लगे बच्चों के चेहरों को देखोगी तो तुम्हें जरूर यह महसूस होगा कि इनके चेहरों में आई चमक को लाने में तुम्हारा भी योग है। तब उनको देखकर तुम्हें जो संतोष होगा, वह बड़ी से बड़ी रकम पाकर भी नहीं हो सकता।'

वे दोनों खामोश बनी रहीं। मैंने आगे कहा—सरकार सब के लिए सब कुछ नहीं कर सकती। देश के नागरिक होने के नाते हमारी भी कुछ जिम्मेदारी बनती है। हम उसी जिम्मेदारी को निभा रहे हैं। हम चाहती हैं कि नयी पीढ़ी भी इधर ध्यान दे। सरकार की उदारीकरण की नीति ने आम आदमियों को भोग-विलास की ओर मोड़ दिया है। यह स्थिति बड़ी खतरनाक है। हम चाहती हैं कि जितना भी हम से हो सके, नयी पीढ़ी को उस दिशा की ओर ले जायें जहाँ जीवनमूल्यों को अहमियत दी जाती है। मेरा मतलब 'वैल्यूज' से है।' कुछ रुक कर मैंने कहा—तुम्हें मेरी बातें समझ में आ रही हैं न।'

—कुछ कुछ आ रही हैं मैडम।' मुस्कराते हुए कुसुम बोली।

—कुछ दिनों बाद पूरी समझ में आने लगेंगी। नयी बातों को, मेरा मतलब अच्छी बातों से है; समझने में कुछ समय तो लगता ही है।' मैंने मुस्कराते हुए कहा—अच्छा अब जब भी जरूरत होगी, मैं तुम्हें बुला लूंगी।'

—जरूर मैडम।'

—हाँ, एक बात और है। डोनेशन के लिए हम तुम्हारे बप्पा और अब्बा से भी मिलेंगी। वे हमारी काफी मदद कर सकते हैं।' हँसते हुए मैंने कहा।

—बिल्कुल मिलिए मैडम! हम उनसे कह देंगी, हमारी मैडम उनसे मिलने आनेवाली हैं।' इस बार कुसुम के स्वर में उत्साह था।

—ठीक है तो चलें। हाँ, जब देवांगी मैडम पूना से लौट आएं तो उनसे कहना, वे मुझे फोन कर लें।' मैंने उठते हुए कहा।

दोनों लड़कियाँ अपना बैग संभालती हुई मेरे साथ ही उठ खड़ी हुईं।

10

आज फिर 12 अगस्त की शाम है।

इतने सालों बाद भी अनायास ही यह शाम मुझे याद आ जाती है और तब मेरे भीतर की पूरी दुनिया खालीपन के बोझ से भर उठती है। इतनी हलचल और इतनी व्यस्तता के बाद भी मुझे लगता है कि मैं अकेली रह गयी हूँ और जिसने जिंदगी भर साथ निभाने का आश्वासन बार-बार दिया था, वह मुझे निस्सहाय और निरुपाय छोड़कर—कितनी जल्दी मुझसे बिछुड़ गया। धोखा दे गया मुझे। लेकिन मैंने ही क्यों, उसने भी तो धोखा खाया। उसने कभी सपने में भी नहीं सोचा था कि मौत उसे इतनी जल्दी धोखे से ले जाएगी। वह भी तो मौत के धोखे में आ गया।

उस साल पिछले महीने ही तो हमने अपनी शादी की पांचवीं वर्ष गांठ मनाई थी। बेटा श्रीराम तब मुश्किल से तीन साल का रहा होगा। वर्षगांठ क्या मनाई थी—बस शाम को हम श्री को रानीबाग के चिड़ियाघर में ले गए। श्री खुश होकर खुली जगह में दौड़ता-फुदकता रहा। उसे आइस-क्रीम खिलाई। आइस-क्रीम शुभम् को भी बहुत भाती थी। उनके साथ मुझे भी खानी पड़ी। बाद में हम तीनों डिनर के लिए एक अच्छे रेस्टाँ में गए थे। रेस्ट्राँ से लौटते हुए शुभम् ने मेरे पेट की ओर देखते हुए मुस्करा कर कहा था—अगले साल हमारी शादी की वर्षगाँठ में एक और मेम्बर जुड़ जाएगा। क्यों?'

मैं क्या कहती। बस शरमा कर इतना ही कह पाई थी—चलो भी। तुम भी बस....।'

—इस बार हमारी बेटी होनी चाहिए। बेटियों को पालने का सुख और ही होता है। रंग-बिरंगे कपड़े। गुड़ियों का खेल। छोटे-छोटे हाथों से अपनी छोटी-छोटी चीजों को सजाने-सँवारने की कोशिश। पतली-मीठी तुतलाती आवाज। सब कुछ कितना अच्छा लगता है।'

—मेरा भी मन कहता है, बेटी ही होगी। बेटी हुई तो अपना परिवार पूरा हो जाएगा। हम दो, हमारे दो।

—हम दो ठीक हैं। लेकिन हमारे दो क्यों? मैं तो पूरी क्रिकेट टीम पैदा करूँगा।' मुझे याद है, शुभम् ने हंसते हुए कहा था।

—ठीक है। अगर टीम ही पैदा करनी है तो अकेले कर लेना।' मैंने कहा था।

—अकेले क्यों। हम दोनों ने जिंदगी भर साथ-साथ रहने, सभी काम साथ-साथ करने का वायदा निभाया है।'

—वायदा! कब किया?'

—अरे किया नहीं था। शादी के वक्त। पंडितजी के सामने।'

—जाने भी दो। उस वायदे का क्या मतलब है। जो पंडित शादी के श्लोक पढ़ते हुए बार-बार गलत उच्चारण कर रहा हो, गलत श्लोक पढ़ रहा हो, उसके सामने कसमों-वायदों का कोई मतलब नहीं होता।' मैं मजाक के मूड में थी।

यों ही मजाक करते हुए हमने बस-स्टाप पर पहुँच कर बस पकड़ ली। हम बैठे ही थे कि श्री राम बोला—पापा, शू-शू....।'

—तू भी यार....गलत समय पर गलत काम करता है।'

—श्री बेटे, अभी घर आ जाएगा। बस, थोड़ी सी देर में।' मैंने उसे थपथपाते हुए कहा।

—नहीं अम्मा, बड़ी जोर से लगी है।' श्री बोला।

—चलो, अगले स्टॉप पर उतर जाते हैं।' शुभम् ने खड़े होते हुए और श्री को मेरी गोद से लेते हुए कहा था।

बस रुकी तो हम नीचे उतर आए।

जब तक घर पहुँचे तब तक श्री सो चुका था। हमने उसे उसके बिस्तर पर लिटा दिया। जल्दी-जल्दी कपड़े बदले और अपने बिस्तर आ लेटे।

—आज की शाम अच्छी रही। सिवाय श्री की शू-शू के।' दूसरी बस के लिए कितनी देर इंतजार करना पड़ा।' सिगरेट सुलगाते हुए शुभम् बोले थे। वे अब बहुत हल्के मूड में हो गए थे।

—बच्चे हैं तो उनकी जिम्मेदारी तो उठानी ही पड़ती है। आज कितने दिनों बाद हम साथ-साथ बाहर निकले।' मैंने तो आज की शाम को पूरी तरह एन्ज्वाय किया।

—चलो, तुम्हें रात भी एन्ज्वाय करवा देते हैं।' कहते हुए शुभम् ने अपनी सिगरेट बुझाते हुए शरारत से मेरी ओर देखा और साथ ही टेबल लैंप भी बुझा दिया।

और फिर कुछ दिनों बाद 12 अगस्त की वह रात। उस दिन शुभम् ऑफिस से जल्दी ही लौट आए थे। मैंने पूछा तो बोले—कुछ फिवरिश-सा महसूस कर रहा था, इसलिए जल्दी निकल आया।'

—अब कैसा महसूस कर रहे हो।....मैं चाय बना कर लाती हूँ।'

—चाय तो ऑफिस से निकलते हुए पी ली थी।....जरा मेरा सर दबा दो। बहुत दर्द कर रहा है।

वे जूते उतारे बिना पलंग पर लेट गए थे। मैंने उनके जूते-मौजे उतारे। और सर

पर बाम मलने लगी। शरीर छू कर देखा। तो हल्का-हल्का गरम लगा। मैंने उन्हें एक एस्प्रीन की गोली खिला दी। उन्होंने धीरे-धीरे आँखें बंद कर ली। मैं थोड़ी देर उनका सर दबाती रही और जब वे पूरी तरह सो गए तो मैं उठकर किचन में चली आई। भोजन तैयार करने में मुश्किल से एक घंटा लगा होगा। भोजन को वहीं छोटी-सी मेज पर लगाकर मैं शुभम् को उठाने कमरे में आयी। मैंने देखा, वे गहरी नींद सोये हैं। सोचा, थोड़ा और सोने दो। मैं वहीं, उनके पास बैठकर एक मेगजीन के पन्ने उलटने लगी। कोई आध घंटे बाद मैंने उनका शरीर छू कर देखा तो वहाँ कोई हरकत नहीं थीं। मैंने घबड़ाकर उन्हें जोर से आवाज लगाई—शुभम्।' लेकिन वे अचल पड़े रहे। तब मैंने उनके शरीर को झिंझोड़ा। लेकिन नहीं। वहाँ कोई हरकत नहीं थी। बगल के खटोले में श्री सोया पड़ा था। बाहर बारिश हो रही थी। मैं पागल-सी ऊपर की मंजिल पर रहनेवाले डॉ. राजदान के पास दौड़ी गयी। अब तक मेरी रुलाई फूट चुकी थी। डॉ. राजदान मेरे साथ ही नीचे आ गये। उन्होंने शुभम् की तपास की और फिर बहुत ही उदास स्वर में बोले—'सॉरी मैडम। ही इज नो मोर।'

—आप क्या कह रहे हैं डॉक्टर....।' मैं सुबकते-सुबकते चिल्ला पड़ी थी। डॉ. राजदान ने धीरे-से मेरे कंधों को थपथपाया और धीरे-धीरे कमरे से बाहर निकल गए।

क्या इस तरह भी किसी की मौत हो सकती है। मैं आज तक नहीं समझ पाई हूँ। लेकिन मैं जानती हूँ, ऐसा हुआ है। मेरे साथ ही ऐसा हुआ है। ऐसा हो सकता है। किसी के साथ भी हो सकता है। तब से जब कभी भी बच्चों को बुखार आता था मैं भीतर तक डर जाती थी। पहले से ही डर की एक परम्परा मेरे भीतर समाई हुई थी। अब मुझे हर बात से डर लगने लगा। हर इन्सान से। हर घटना से। हर इत्तफाक से। डर, जैसे मेरे जीवन का एक अभिन्न अंग ही बन गया।

अभी मैंने जिंदगी शुरू की ही थी, तभी सब कुछ उलट-पुलट हो गया। इतनी बड़ी दुनिया में मैं निपट अकेली रह गयी। कहने के लिए माँ-बाप थे। बहिनें थीं। लेकिन सभी अपने में इतने आत्मकेन्द्रित और स्वार्थी थे कि उनसे कोई उम्मीद नहीं की जा सकती थी। शादी के बाद मैं शुभम् और श्री को लेकर एक किराए के फ्लैट में रहने लगी थी। ऊपर फ्लैट का मालिक अपने दूसरे फ्लैट में रहता था। चेटियार नाम था उसका। चेटियार ने तब मेरी बड़ी मदद की थी। शुभम् के डैथ-सर्टिफिकेट से लेकर, उनके शव-दाह और बाद में उनके पीएफ की राशि दिलाने तक वही मेरे साथ दौड़-भाग करता रहा। मैं उसके प्रति कृतज्ञता से भर उठी। लेकिन वह भी टिपिकल पुरुष ही निकला। उसने मेरे अकेलेपन का फायदा उठाना चाहा। मैं इतनी डरी और सहमी हुई थी कि उसकी किसी बात को मना करने की हिम्मत नहीं जुटा सकी। वह मुझे होटलों में ले जाता। कभी भी, जब उसकी पत्नी काम पर गयी होती, मुझे अपने घर बुला लेता और घंटों मुझे रोके रखता। बात-बात में इस बात का हवाला देता कि मेरे मुश्किल वक्त में उसने मेरी कितनी मदद की। अपनी पत्नी और बच्चों के विरोध और नाराजगी के

बावजूद वह मेरे लिए कितना कुछ करता रहा। अपने अकेलेपन में औरत कितनी कमजोर होती है, यह मैंने तब जाना था। पास की बिल्डिंग के कुछ शोहदे भी मेरे प्रति संवेदना जताने के बहाने मेरे घर तक आने लगे थे। उनके शब्दों और उनकी आँखों के भावों से मुझे उनकी नीयत मालूम हो जाती थी। चेटियार के लिए तो मेरा घर ही उसका दूसरा घर हो गया था। उसके साथ मेरे विवश संबंधों का एक सिलसिला चल निकला था। मेरे पास उससे सहमत होने के अलावा कोई दूसरा विकल्प नहीं था। दरअसल, जैसा कि मैंने कहा, मेरे भीतर भयानक डर समा गया था। राह चलता कोई व्यक्ति मेरी तरफ देखता तो भी मैं डर जाया करती थी। कुछ मनचले प्रौढ़ों ने मेरे रोज के रास्ते पर मेरी प्रतीक्षा करना शुरू कर दिया था। मैं अपने रास्ते पर आगे बढ़ती तो वे मेरे पीछे-पीछे चलना शुरू कर देते। करते कुछ नहीं। लेकिन मैं डर के मारे पसीने-पसीने हो जाती। यह सिलसिला तब तक चलता रहा जब तक कुछ वर्षों के बाद देवांगी दी मेरे जीवन में नहीं आ गयीं। बाद में देवांगी दी ही मेरी जिजीविषा, मेरी मार्गदर्शक और मेरी जीवन-रेखा बन गयीं। आज सोचती हूँ कि व्यक्ति का जीवन दुख-सुखों की एक परम्परा ही तो है। शुभम् को खोकर जहाँ मैं एकाकीपन, संताप और भावी आशंकाओं की लपटों में झुलसी, वहीं देवांगी दी के सम्पर्क ने मुझमें बारिश की पहली फुहार-सी शांति और आशा जगायी। कई बार देवांगी दी का वह एक वाक्य मन में साहस की अनुभूति भर जाता। एक बार उन्होंने कहा था—पलक जीवन में हर बात का, हर दुख का और हर समस्या का विकल्प होता है। बस, उसे खोजना और पाना होता है। उसके लिए कोशिश करनी पड़ती है।' देवांगी दी के प्रेरणा और आश्वासन भरे शब्दों से मुझमें धीरे-धीरे साहस आने लगा। धीरे-धीरे मैं उनके बहुत पास आती चली गयी। उन्हें अपने दुख-सुख बताने-सुनाने लगी। उन्होंने मुझसे बार-बार यह भी कहा था—पलक, तुममें एक बड़ी कमजोरी है। तुम किसी को 'ना' नहीं कह सकती। इसीलिए लोग तुम्हारे आसपास मँडराते रहते है। तुम में जब तक 'ना' कहने की हिम्मत नहीं आएगी, तुम यों ही डरती रहोगी। अगर सम्मान के साथ जिंदा रहना चाहती हो तो 'ना' कहना सीखो।' आज सोचती हूँ कि उन्होंने कितना सही कहा था।

इधर इस बीच और भी बहुत कुछ घट गया था।

मेरी पी-एच.डी. तो शादी से पहले ही पूरी हो गयी थी। शादी के बाद हम दोनों माँ-बहिन के साथ अंधेरी की उस चाल के कमरे में मकान में नहीं रह सकते थे। इसीलिए अपने घर से कुछ ही दूरी पर हमने चेटियार का यह फ्लैट किराए पर ले लिया था। अब तक अप्पा बब्बो के पास मद्रास चले गए थे। माँ और सब्बू वहीं अंधेरी की चाल में रह गए थे। अप्पा के मद्रास चले जाने के बाद मौसी मुंबई आ गयी थी। वह भी माँ की तरह मैट्रिक पास थी। माँ ने उसे भी म्युनिसिपैलिटी के एक स्कूल में लगवा दिया था। वह भी माँ के पास ही आकर रहने लगी थी। माँ को इस बात से बड़ी राहत मिली थी कि मौसी ने तिरची छोड़ दिया था। मौसी तिरची में रहती तो शायद माँ की

रातों की नींद हराम हो जाती। अप्पा मद्रास जो पहुँच गए थे। वे कभी भी मौसी के पास तिरची जा सकते थे। शंका की कोई दवा नहीं होती और न ही उसका कोई इलाज होता है। अब मौसी के आने से मुझे भी कुछ सुविधा हो गयी थी। पहले हम काम पर जाने से पहले श्री को क्रैच में छोड़ आते थे। अब उसे मौसी की देख-रेख में घर में ही छोड़ने लगे। अम्मा की नौकरी का भी अंतिम साल चल रहा था। तभी कॉरपोरेशन ने अपने स्टॉफ के लिए घाटकोपर में एक कॉलोनी बनवाई। शुभम् ने माँ से भी एप्लाई करवा दिया। संयोग से लॉटरी में अम्मा का नम्बर निकल आया। लेकिन इसके लिए कारपोरेशन को चालीस हजार रुपया पहले देना था। बाकी रकम अगले 20 सालों में देनी थी। अम्मा दस हजार रु. से ज्यादा देने को तैयार नहीं थी। शुभम् ने अपने ऑफिस से किसी तरह तीस हजार का इंतजाम किया और अम्मा के नाम पर फ्लैट ले लिया। फ्लैट अम्मा के नाम पर ही लिया जा सकता था। इसीलिए। लेकिन हमारा दुर्भाग्य। फ्लैट का कब्जा मिलने से पहले ही शुभम् ने दुनिया छोड़ दी। मेरे लिए यह ऐसा सदमा था जिसकी किसी ने कल्पना तक नहीं की थी। अभी तो हम अपने भविष्य की प्लानिंग ही कर रहे थे। हमने सोचा था, माँ-मौसी हमारे साथ नए फ्लैट में रहेंगे। बच्चों की देख-भाल ये लोग कर लेंगे। देर-सबेर सब्बू भी अपने घर चली जाएगी। हम दोनों जी-तोड़ मेहनत करेंगे। इतनी बड़ी दुनिया में हमारी भी एक छोटी-सी दुनिया होगी। प्यार, शांति और सहयोग की दुनिया। लेकिन कहीं से एक अप्रत्याशित बवंडर उठा और उसमें मेरे सपनों, मेरी योजनाओं के तिनके ऐसे बिखर गए कि उन्हें फिर जोड़ना असम्भव सा लगने लगा। मैं अपने में बहुत-बहुत अकेली हो गयी। अकेली और बात-बात पर डर जाने वाली। शाम को कॉलेज से थक कर लौटती तो घर का ताला खोलते वक्त आँखें भर आतीं। खाली घर मनहूस सा लगता। फिर कुछ देर बाद क्रैच से श्रीराम को ले आती। श्रीराम मेरे साथ खुश रहता। तरह-तरह के सवाल पूछता। मैं कुछ का जवाब देती और कुछ को टाल जाती। पड़ौस के बच्चों के साथ खेलना उसे पसंद नहीं था। बस, घर में ही मेरे आगे-पीछे घूमता रहता। और रात पड़े जब खाना खाकर वह सो जाता, मैं बाहर गैलरी में बैठ कर देर तक अंधेरे को ताकती रहती। मुझे लगता कि मैं चारों तरफ से अंधेरों से घिर गयी हूँ। बाहर का अंधेरा तो था ही, भीतर का अंधेरा भी कम नहीं था। इन्हीं अंधेरों के बीच मैं जीती-मरती रहती। ऐसे ही चार-पांच महीने बीत गए।

फ्लैट तैयार हो गया था। माँ, मौसी और सब्बू उस फ्लैट में आ गयी थीं। उन्हीं के साथ मैंने भी शिफ्ट कर लिया। इसी फ्लैट में एक महीने बाद राज्यश्री का जन्म हुआ। जन्म क्या हुआ, एक जिम्मेदारी और बढ़ गयी—उस वक़्त मैंने ऐसा ही सोचा था। लेकिन मौसी ने तब बड़ा सहारा दिया। वह कहती—पलक, तू बच्चों की तरफ से कोई चिंता मत कर। मैं जो हूँ उन्हें देखने-पालने के लिए। बस, तू अपने को सँभाल। अब तू ही घर की बड़ी है। तेरी माँ तो रिटायर हो चुकी है। मेरे भी एक-दो साल है। सब

ठीक हो जाएगा।

मौसी की बातों से मुझे बड़ी सांत्वना मिलती। लेकिन अम्मा मुझसे हमेशा निरपेक्ष और उदासीन बनी रहती। उसने मुझसे कभी प्यार और ममता के दो शब्द तक नहीं बोले। हाँ, बाहर वालों के सामने वह यह कहना नहीं भूलती कि मैंने अपनी बच्ची को कितने सपनों के साथ पाला-पोसा, उसे पढ़ाया लिखाया, उसे प्रोफेसर बनाया। सोचा था कि बुढ़ापे में हमारा सहारा बनेगी। लेकिन मुझे क्या पता था कि मुझे ही उसे सहारा देना पड़ेगा। बेचारी। उसके दुख को देखा नहीं जाता। उसके दुख को कुछ कम कर सकूं, इसीलिए मैं उसे अपने घर में ले आई हूँ।'

माँ मुझे लेकर क्या-क्या कहती फिरती है, यह मुझे पड़ौसवालों से पता लगता। इन बातों से मुझे बड़ी तकलीफ होती। 'उसे अपने घर में ले आई हूँ।' माँ का यह वाक्य मुझे भीतर तक बींध देता। इस फ्लैट के लिए माँ ने सिर्फ दस हजार दिए थे। तब से बाकी पैसा मैं ही भरती रही। तीस हजार तो शुभम् अपने होते ही दे गए थे। उनके जाने के बाद कम्पनी से उनके पी. एफ. और ग्रेजुइटी का जो पैसा मिला, उसे भी मैंने फ्लैट में लगा दिया। इसीलिए 'लोन' भी कम लेना पड़ा। उसका हफ़्ता भी मैं ही भरती रही। 5 साल पहले 'लोन' की रकम उतार दी तो उसके बाद भी मैंटीनेंस का खर्चा भी मैं ही देती रही। और माँ थी कि उसे लगता रहा कि उसने मुझ पर बड़ी दया की है। उसकी यह दया और दूसरों के सामने दया दिखाने का उसका यह आडंबर, जब कि आज वह दुनिया में नहीं है, मुझे आज भी भीतर तक चीर देता है। उसका स्वाभिमान अहम् की सीमाएँ पार गया था। उसे बस अपने पैसों से प्यार था। मेरे ऊपर या मेरे बच्चों पर उसने कभी एक पैसा खर्च नहीं किया। वह मेरे साथ रहती थी। उसका सारा खर्च मैं उठाती थी। उसका खाना पीना, उसके लत्ते-कपड़े, उसकी दवाइयाँ सारा खर्च मेरे जिम्मे पड़ गया था। लेकिन इस सब के बावजूद उसने कभी मेरी इस निष्ठा को मान नहीं दिया। बहुत बार सोचती हूँ, वह मेरे साथ ऐसा व्यवहार क्यों करती थी। मैं भरी जवानी में अपने पति को खो बैठी। दो-दो बच्चों के लालन-पालन के लिए मैं अकेली जूझती रही। उसे तो मेरे लिए ज्यादा संवेदनशील होना चाहिए था। लेकिन अपनी दूसरी बेटियों के प्रति प्रेमालु होते हुए भी वह मेरे लिए इतनी कठोर और अ-संवेदनशील क्यों बनी रही। बहुत सोचती हूँ इस बारे में। लेकिन कभी किसी निर्णय पर नहीं पहुँच पाती। बस, कभी-कभी एक बात दिमाग में आती है। मैं हमेशा बप्पा के प्रति अत्यंत संवेदनशील रही हूँ। बप्पा ने भी अनेक अवसरों पर सबके सामने मेरे प्रति अपनी सहानुभूति और प्यार जताया है। अम्मा के सामने भी। उसके लिए जो कुछ भी किया, शायद वह इसे अपना अधिकार मानती रही हो। जो भी हो, उसने मरते दम तक मुझे न अपना विश्वास दिया, न सहयोग और न सहानुभूति। फिर धीरे-धीरे मैं भी इसकी आदी हो गयी। वह कुछ भी कहे, मैं सुना-अनसुना कर देती। लेकिन समझ आने पर मेरे बच्चों ने उसे कभी माफ नहीं किया।

व्यक्ति जब अकेला होता है और आगे कुछ करने के लिए कुछ विशेष नहीं होता,

तो वह अपने अतीत में चला जाता है। मैं भी अपने अकेले क्षणों में शायद यही करती हूँ। आज दोनों इस दुनिया में नहीं हैं। लेकिन यादों से बाहर जाना बड़ा मुश्किल होता है।

मैं दीवार घड़ी की ओर देखती हूँ। नौ बज रहे हैं। चलो, इतनी देर माँ को याद कर लिया। अब उठकर रात के भोजन की तैयारी करनी है। नन्दू दो दिन से नहीं आ रही। उसके बच्चे को छोटी माता निकली है। पता नहीं, कितने दिन और लगेंगे। तब अपना हाथ, जगन्नाथ। चलो, उठो पलक। खाना खाकर कल का लेक्चर भी देखना है। पहला लेक्चर है भई।

और मैं उठकर किचन की ओर बढ़ जाती हूँ।

11

अक्टूबर 'हीट' शुरू हो गयी है।

इस महानगर में यह महीना शायद सबसे गरम होता है। मई-जून में भी ऐसी गर्मी नहीं पड़ती। वैसे इस बार मौसम बदल गया है। दिन भर जोरों की गर्मी पड़ती है, हवा बंद रहती है और शाम को तेज हवा के साथ जोरों की बौछार पड़ जाती है। पहले ऐसा नहीं होता था, अब पिछले एक-दो सालों से ऐसा होने लगा है। सब कुछ बदल रहा है। प्रकृति बदल रही है। पर्यावरण बदल रहा है। बीमारियाँ बदल रही हैं। समाज बदल रहा है। सोच बदल रही है। व्यक्ति की प्राथमिकताएँ, उसका व्यवहार, उसका आचरण बदल रहा है। उसकी जीवन-शैली और जीवन-मूल्य बदल रहे हैं। उस दिन देवांगी दी कह रही थी कि पहले समाज सेवा को लोग एक आदर्श के रूप में अपनाते थे। अकिंचन, साधनहीन और दुखी-पीड़ित लोगों के लिए उनके मन में संवेदना होती थी। वे उनके लॉट को सुधारने के लिए अपने सुखों का बलिदान कर देते थे। लेकिन अब समाज सेवा अपने को व्यस्त रखने, अपने होने की आश्वस्ति के लिए ही ज्यादातर की जाती है। समाज सेवियों की नयी खेप अपने घर-परिवारों से टूटे हुए, अकेले और खाली हो गए लोगों की खेप है। इस खेप में महिलाओं का शुमार ज्यादा है।

मैं उनके इस कथन को समझ नहीं पाई थीं। मैंने पूछा था—आप यह क्या कह रही हैं दीदी।'

—ठीक ही कह रही हूँ। आज जो महिलाएँ सामाजिक कार्यों से जुड़ी हुई हैं, जरा उनके व्यक्तिगत जीवन की ओर झांक कर तो देखो। ज्यादातर औरतें जो सामाजिक सुधार का झंडा उठाकर चल रही हैं, कहीं न कहीं अपने पुरुष से, अपने परिवार से या अपने परिवेश से कटी और टूटी हुई रही हैं। इस टूटन के बाद अपनी इयत्ता को, अपनी अस्मिता और अपने अस्तित्व को बनाए रखने के लिए, अपने दुखों-संतापों को भूलने के लिए वे समाजसेवा की ओर मुड़ जाती हैं। यहाँ बेनसीब, बेसहारा लोगों से उन्हें जो सम्मान मिलता है, जो स्वीकृति मिलती है, वह उनके जीने के अर्थ को सार्थक बना देती हैं। और फिर वे भी उसी में ढल जाती हैं।

—लेकिन मैं ऐसी कई महिलाओं को जानती हूँ जो समाज, साहित्य और यहाँ तक कि राजनीति में भी अपना दखल रखती हैं और अपने घर-परिवार से भी पूरी

तरह संतुष्ट हैं।

—हाँ हैं। जरूर हैं। यह दरअसल उन बौद्धिक महिलाओं का वर्ग है जिन्होंने अपने पारिवारिक कर्त्तव्य पूरे कर लिए हैं। बच्चे पैदा करके उन्हें पढ़ा-लिखा दिया है। बड़ा बना दिया है। उन्हें जिंदगी में सैटिल कर दिया है। परिवार को चलाने की चिंता उन्हें नहीं है। साधन सम्पन्न हैं। अच्छा खाती हैं, अच्छा पहनती हैं। अपनी पारिवारिक जिम्मेदारियों से एक तरह से मुक्त हो गयी हैं। अब वे क्या करें। इतना सारा वक्त कैसे काटें। सम्पन्न हैं, लेकिन इतनी सम्पन्न भी नहीं कि समय बिताने के लिए शॉपिंग करती फिरें। इसीलिए सामाजिक, साहित्यिक संस्थाएँ बनाकर या बनी हुई संस्थाओं में प्रवेश कर अपना दिन का समय बिताती हैं। और रात को इस आश्वस्ति के साथ सो जाती हैं कि आज उन्होंने कुछ सार्थक किया है। अच्छा बीता उनका यह दिन। यह—अपनी सार्थकता का यह अहसास उन्हें सकून देता है और सामान्य बौद्धिक लोगों के बीच विशिष्ट होने की आश्वस्ति भी। ये महिलाएँ उन घरेलू महिलाओं से अलग होती हैं जो अपने सम्पन्न पति की व्यस्तता से ऊब कर अपना मन बहलाने के लिए किटी-पार्टियों का आयोजन करती हैं। इस या उस बहाने अपनी सहेलियों को दावत देती हैं और फिर मिलकर नयी ज्वैलरी और नयी साड़ियों और नयी काट के ब्लाउजों की चर्चा में खो जाती हैं। दुनिया में क्या हो रहा है, इससे उन्हें कोई मतलब नहीं। उसका दायरा बस अपने पति, अपने परिवार, अपने बच्चों और अपनी सहेलियों तक सीमित रहता है। वे तो बस....

—लेकिन दीदी, इन घरेलू औरतों की अपेक्षा उन महिलाओं की सराहना तो करनी ही चाहिए, जो आपके अनुसार अपनी पीड़ा को, अपने दुखों और अपनी समस्याओं को भूलने के लिए ही सही, कुछ न कुछ सामाजिक कार्य करती हैं। इससे उस वर्ग का भी तो फायदा होता ही है जिसके बीच ये अपना समय देती हैं।' मैंने उन्हें बीच में ही टोक कर कहा था।

—हाँ, लाभ तो होता है उस वर्ग को। लेकिन ऐसी 'समाज सुधारक' महिलाओं की सोच यह होती है कि जैसे वे कोई बहुत बड़ा, बहुत महत्वपूर्ण योगदान कर रही हैं।'

—योगदान तो कर ही रही होती हैं दीदी।'

—लेकिन इससे क्या इनको आत्मतुष्टि नहीं मिलती। हाँ, यदि निष्ठा के साथ ये उपेक्षित, पीड़ित और शोषित वर्ग के लिए कुछ करती हैं और उनके प्रति आभार मानती हैं कि इस वर्ग ने इन प्रबुद्ध, जाग्रत महिलाओं को कुछ करने का अवसर प्रदान किया और उनके सहयोग को स्वीकार किया तो यह दूसरी बात हो जाती है। सच्चे समाज सेवी के लिए विनयशील होना पहली शर्त होती है पलक। हमें उपकृत होना चाहिए उन लोगों का जो हम पर विश्वास करते हैं, हमें कुछ करने का मौका देते हैं और हमें हमारी सार्थकता का अहसास दिलाते हैं। लेकिन आज के दिन ऐसी निष्ठा कहाँ रह गयी है। आज तो हम एक प्रतिशत करते हैं और पचास प्रतिशत का ढिंढोरा पीटते हैं।'

—लेकिन दीदी, इन सब के बीच आप जैसी महिलाएँ भी तो हैं जिन्होंने निस्वार्थ

भाव से अपना सारा जीवन ही इन लोगों को समर्पित कर दिया है। है कि नहीं।'

मेरी बात सुनकर दीदी मुस्कराने लगी थीं।

—क्यों क्या हुआ? मैंने कोई गलत बात कह दी।'

—नहीं पलक। तुमने कुछ गलत नहीं कहा। लेकिन तुमने जो कुछ कहा, वह सही भी तो नहीं है।'

मैंने अचकचा कर दीदी के चेहरे की ओर देखा। उनके होंठ मुस्करा रहे थे लेकिन आँखों में एक पनीलापन छा गया था। कुछ देर चुप रह कर दीदी बोली थीं—'ऐसा है पलक, जो दीखता है, जरूरी नहीं, वह सब सच हो।'

—तो सच क्या होता है।'

—.......।'

—कभी-कभी सच और झूठ के बीच एक बहुत महीन रेखा होती है। अक्सर लोग उसको देख नहीं पाते और झूठ को सच और सच को झूठ मान लेते हैं।

—लेकिन जहाँ तक मैं जानती हूँ कि आप इतनी पारदर्शक हैं कि आप को लेकर कोई गलत सोच ही नहीं सकता। मैं पिछले कई सालों से आपके सम्पर्क में हूँ। आप के साथ काम करती हूँ। मैंने बहुत पास से आपको देखा है। आप से प्रेरणा ली है। आपने मेरा जीवन, मेरी जीवन-चर्या बदल दी है। आज मैं जो कुछ भी हूँ, आपके कारण हूँ।'

—यह मेरा सौभाग्य है पलक कि तुम ऐसा सोचती हो। मुझे इस बात से बड़ी आश्वस्ति होती है कि मैंने तुम्हें और कुछ और दूसरी महिलाओं को, जो हमारे साथ काम करती हैं, एक सकारात्मक, एक पॉजिटिव सोच दिया है। बस, यही मेरी उपलब्धि है। इसे ही तुम मेरी सफलता कह सकती हो। बाकी तो सब आँखों का धोखा है।

—आज आप पहेलियाँ बुझा रही हो दीदी। कुछ छिपा रही हो....बताओ न, क्या बात है।'

—तुमसे कुछ नहीं छिपाऊँगी पलक। मैं तुमसे प्यार करती हूँ। बहुत प्यार करती हूँ। मैं जानती हूँ कि तुममें बड़ी कमजोरियाँ हैं। जिनसे तुम अपना ही अहित करती हो। यह ठीक है कि तुम उनसे उबरने की कोशिश कर रही हो। बस, यही पोजिटिव एटीट्यूड मुझे पसन्द है। बस, यही मेरी सफलता है और तुम्हारी भी। लेकिन साथ ही तुम बहुत सैंसटिव भी हो, बहुत संवेदनशील। हर किसी के हर काम को करने के लिए तुम तैयार हो जाती हो। भले ही, उसके लिए तुम्हें दूसरे लोगों की मिन्नत करनी पड़े। तुम जो कुछ भी करती हो, मन से करती हो। उसमें किसी तरह का दिखावा नहीं होता। बस, इसीलिए तुम मेरे इतने पास आ गयी हो। और मैं तुम्हें इतना चाहने लगी हूँ।' सचमुच दीदी भावुक हो उठी थीं।

—बस, बस दीदी। आपने बहुत तारीफ कर ली मेरी। मैं जानती हूँ कि मैं इस सब के काबिल नहीं हूँ। लेकिन यह तारीफ इसलिए की जा रही है कि बात का रुख बदल जाये। मैं आपके बारे में पूछ रही थी और आप मुझे ही चांद-तारों की गोद में बिठाने लगीं।'

—नहीं पलक। मैं किसी की झूठी तारीफ नहीं करती। तुम हो ही तारीफ करने लायक। मैंने जो कुछ भी तुम्हारे बारे में कहा, अपने अन्तर्मन से कहा। ईमानदारी से कहा। मैंने तुम्हारी कमियाँ भी बतायीं। वैसे अगर मुझे किसी की कोई बात पसंद नहीं आती तो मैं चुप रह जाती हूँ। लेकिन तुम मेरे इतने पास आ गयी हो कि मैं तुम्हें एक परफेक्ट इंसान के रूप में देखना चाहती हूँ। इसीलिए समय-समय पर तुम्हारी कमियों की ओर भी इशारा कर देती हूँ। और मुझे अच्छा लगता है कि तुम मेरी बातों पर ध्यान देती हो और उन्हें व्यवहार में लाने की कोशिश करती हो। मैं चाहती हूँ....।'

—आप फिर मुझे चढ़ाने लगीं चने के पेड़ पर। आप को न बताना हो तो मत बताइए। जब आप मुझे इतना प्यार करती हैं, मुझे अपने इतने पास समझती हैं तो फिर यह दुराव और यह संकोच क्यों?'

—संकोच तो होता ही है पलक। तुमने अपनी कोई कमी बतलाई मुझे? मैं ही तुम्हें जाँचकर तुम्हारी कमियों को बतलाती रही हूँ। है न।'

मैं एक क्षण के लिए चुप हो गयी थी। फिर मैंने मुस्कराते हुए कहा—इस यह तो साफ हो गया कि आप मुझ से कुछ छिपा रही हैं।'

—हाँ, छिपा रही हूँ। छिपा इसलिए रही हूँ कि सुनकर तुम्हें दुख होगा। और मैं तुम्हें दुखी नहीं देखना चाहती और फिर....।'

—फिर क्या?'

—फिर यह कि मैं नहीं चाहती कि कोई भी, उसमें तुम भी शामिल हो, मेरे प्रति दया प्रदर्शित करे। मैं बड़ी मुश्किल से उबरी हूँ। अब फिर उसमें डूबना नहीं चाहती। मेरे लिए व्यस्तता ही जीवन है। इस व्यस्तता के बीच अगर मुझसे किसी का कुछ भी भला होता है तो वही मेरी संतुष्टि है। मैं इसी संतुष्टि को लिए जी रही हूँ।'

—आप बहुत जटिल होती जा रही हैं दीदी। आपका ऐसा रूप मैंने पहले कभी नहीं देखा था....।'

—जीवन जटिल ही होता है पलक। यह जटिलता कभी बाहर से भीतर प्रवेश करती है और कभी भीतर से बाहर। बाहर से सामान्य, सुखी, संतुष्ट दीखने वाला व्यक्ति भी अपने भीतर कौन जाने कितनी जटिलताएँ छिपाये जीता है। जीवन ऐसा ही होता है।'

—आज आप बहुत रहस्यमयी हो रही हैं।'

—सभी रहस्यमय होते हैं। किसी के रहस्य बाहर खुले में आ जाते हैं, कोई उन्हें अपनी अन्तिम यात्रा में अपने साथ ले जाता है। मनुष्य का यह मन जो है पलक, अपने भीतर अनेक रहस्यों को छिपाये रखता है। कभी अपने डर से, कभी समाज के डर से। वह उन रहस्यों को इसलिए नहीं खोल पाता कि खोलने से उसकी पोल खुल सकती है। उसके सम्मान को बट्टा लग सकता है.... लोग उसकी ओर अंगुली उठा सकते हैं, उसकी उपेक्षा और तिरस्कार कर सकते हैं। यह कैसी विडम्बना है पलक, मनुष्य ने अपनी

सुख-सुविधा, अपनी सुरक्षा के लिए समाज का निर्माण किया था और आज उसी को समाज का भय सताता रहता है....।'

—ऐसा कैसे हो गया दीदी।' मेरे स्वर में उत्सुकता थी।

—देखो पलक। हमने समाज बनाया। समाज ठीक-ठाक चले, इसके लिए कुछ नियम बनाए, कुछ आदर्शों का निर्माण किया। समाज ने हमें विकास का अवसर दिया। इस विकास के दौरान कुछ ऐसी तत्व भी उभरे जिनसे सामाजिक आदर्शों का हनन होता था। कुछ तत्व अपने स्वार्थ के लिए या अपने अहम् के लिए समाज-विरोधी कार्य करने लगे। इससे असंतुलन को गति मिली। लेकिन कोई भी व्यक्ति इसके लिए अपने को जिम्मेदार नहीं कहलाना चाहता। इस असंतुलन के कारण कुछ लोगों ने अपना स्वार्थ पूरा किया और कुछ लोग इसके बीच पिसते चले गए। लेकिन दोनों ही पक्ष समाज के डर से चुप रहे। बस, यहीं से समाज महत्वपूर्ण होता चला गया और व्यक्ति की अस्मिता छोटी होती चली गयी। वह अपने मन को छिपाने लगा। अच्छा, तुम बतलाओ, क्या तुमने अपने जीवन की सारी घटनाओं को मेरे सामने खोल दिया है। क्या ऐसा कुछ भी नहीं है जिसे तुम अपने आप से भी दोहराना नहीं चाहती। बोलो।' वे मेरी ओर सतर्क निगाहों से देखने लगी थी। मैं अवाक् रह गयी। कुछ बोल नहीं पायी। कुछ देर खामोश रहकर मैं सिर्फ इतना ही कह पाई—दीदी सॉरी। मैं आपसे आपके बारे में अब कभी कुछ नहीं पूछूँगी।' कहते-कहते मेरी आँखें डबडबा आई थीं।

—सॉरी पलक। मुझे तुमसे यह सब नहीं कहना चाहिए था। सॉरी, वैरी सॉरी....।'

—नहीं दीदी। सॉरी की कोई बात नहीं है। हम भी क्या हैं। बात कहाँ से शुरू की थी और कहाँ आ गए।'

—चर्चा चलने पर ऐसा ही होता है।' दीदी ने मुस्कराकर कहा था—हम पटना से शुरू करते हैं और पांडेचेरी पहुँच जाते हैं।'

वातावरण जरा विषादपूर्ण हो गया था। विषय को बदलते हुए दीदी बोली थीं—हाँ, तो हमने कहाँ से शुरू किया था।'

—आप कह रही थीं कि सामान्यतः दुखी और टूटी हुई महिलाएँ ही सामाजिक कार्यों में व्यस्त होकर अपने होने को प्रूव करने की कोशिश करती हैं।'

—एक बात पूछूँ पलक। बुरा तो नहीं मानोगी और अन्यथा भी नहीं लोगी।'

—क्या बात करती हो दीदी। भला आप की बात का बुरा क्यों मानने लगी।'

—बात थोड़ी पर्सनल है। इसीलिए पूछ लिया।'

—आप पूछिए न....।'

—मान लो, तुम्हारे शुभम् जिंदा होते और तुम्हारी मौसी तुम्हारे साथ नहीं होती और तुम पर अपने बच्चों को बड़ा करने की पूरी जिम्मेदारी होती और घर-परिवार संभालना होता तो भी क्या तुम मेरे साथ और 'सहयोग' के साथ जुड़तीं? मेरा मतलब

है, इतनी लगन के साथ जुड़तीं?'

मैं इस प्रश्न के लिए तैयार नहीं थी। एक क्षण के लिए मैं अचकचा कर रह गयी। दीदी सीधे मेरी आँखों में देखती रहीं। बहुत कोशिश की मैंने, लेकिन कुछ बोल नहीं पाई।

दीदी बोलीं – अब तुम्हें कुछ कहने की जरूरत नहीं है। तुम्हारी चुप्पी ने मेरे प्रश्न का उत्तर दे दिया है।'

—तो क्या आप भी....।'

—हो सकता है।'

—बताइए न, आपके साथ क्या हुआ?'

—बता दूंगी, कभी पूरे विस्तार से बताऊँगी....तब तुम्हें महसूस होगा कि मैं जो कुछ कहती हूँ, अपने अनुभव के आधार पर कहती हूँ।'

—दीदी एक बात है।' कुछ सोच कर मैंने कहा।

दीदी मेरी ओर देखने लगी।

—व्यक्ति के अनुभव व्यक्तिगत होते हैं, उन्हें जनरलाइज तो नहीं किया जा सकता।'

—जनरलाइज तो नहीं किया जा सकता। लेकिन जब वे अनुभव बहुत से लोगों के अनुभवों से मेल खाने लगते हैं तो एक सामान्य विचार आकार ग्रहण करने लगता है। अब तुम अपने अनुभवों को ही लो....।'

—तो आप यह कहना चाहती हैं कि सामान्यतः कोई व्यक्ति, चाहे वह स्त्री हो या पुरुष, एक उदात्त भावना से सामाजिक कार्यों में संलग्न नहीं होता।'

—होता है। जरूर होता है। लेकिन ऐसे लोगों की संख्या अंगुलियों पर गिनी जा सकती है। और वहाँ भी.....।'

—दीदी, गाँधी जी को लो....।'

—गाँधी जी महान व्यक्ति थे। एक युग में उन जैसे एकाध व्यक्ति ही पैदा होते हैं। लेकिन गांधीजी ने भी जो जीवन-दर्शन दिया, उसमें उनके प्रारंभिक जीवन के अनेक कटु अनुभवों की प्रतिक्रिया ही थी। अगर दक्षिण अफ्रीका में उनके साथ बार-बार अपमानजनक व्यवहार न होता, अगर वे अपनी जवानी में आत्यंतिक रूप से असंयमी नहीं होते तो शायद वे वह नहीं बन पाते जो बाद में बने और महात्मा कहलाए।'

—मैं जानती हूँ दीदी। उन्होंने इस सब को, जो आप बतला रही हैं, अपनी आत्मकथा में लिखा है।'

—आत्मकथा कब लिखी उन्होंने? जब वे समाज में प्रतिष्ठित हो गए। व्यक्ति जब समाज में प्रतिष्ठित हो जाता है तो वह अपनी कमियों को भी भुनाने लगता है। गांधीजी ने भी यही किया।'

—आप गांधी जी के प्रति कठोर हो रही हैं दीदी।'

—मैं किसी के प्रति कठोर नहीं हो रही। एक सच्चाई तुम्हारे सामने रख रही हूँ।'

—आप से तर्क में नहीं जीता जा सकता।'

—सच्चाई किसी तर्क की मोहताज नहीं होती....।' वे मुस्कराने लगी थीं। मैं भी उनके साथ मुस्कराने लगी।

देवांगी दी से कई बार इस प्रकार की चर्चा और तर्क-वितर्क होते रहते थे। भले ही मैं उनसे तर्क करती थी। उनकी बात को काटने की कोशिश करती थी। लेकिन अपने एकांत में जब भी मैं उनकी बातों पर विचार करती तो लगता, दीदी ठीक ही कहती हैं। अन्त में मुझे लगता कि मेरे विचार भी उन्हीं की तरह ढल रहे हैं। उन्हीं के विचारों से शक्ति लेकर मैं आज इस मुकाम पर पहुँच पाई हूँ जहाँ मेरे मन का भय दूर हो गया है और मैं जीवन के प्रति अधिक आस्थावान हो गयी हूँ। मेरी सोच में जो रचनात्मक बदलाव आया है, उसके पीछे दीदी के विचारों और 'सहयोग' के वातावरण का हाथ ही अधिक है। कई बार सोचती हूँ, अगर दीदी नहीं मिलती तो पता नहीं, जीवन किन गलियों में भटक रहा होता।

लेकिन स्वयं दीदी के जीवन का क्या रहस्य है। मैं उस रात बड़ी देर तक उनके बारे में सोचती रही थी। अन्दाज लगाती रही थी। लेकिन किसी निर्णय पर नहीं पहुँच पायी थी। हारकर मैं सोने की कोशिश करने लगी थी।

12

आज का दिन भी बड़ा अजीब रहा।

मैं कॉलेज के गेट पर पहुँची ही थी तो देखा—बाहर सड़क पर भारी भीड़ जमा है। भीड़ में हमारे विद्यार्थी ही ज्यादा हैं। मैं एक क्षण के लिए ठिठक कर रुक गयी। तभी सुरेखा घबड़ाती हुई मेरे पास आई और बोली—मैडम, फातिमा को पुलिस पकड़ कर ले गयी है।'

मेरी समझ में तत्काल कुछ नहीं आया। सुरेखा भी मेरी ही स्टुडेंट है। फातिमा के सेक्शन में ही है।

—आखिर हुआ क्या?'

—वो अविनाश है न....।'

—तो.....?'

—मैडम, फातिमा ने उसके चेहरे पर एसिड डाल दिया....।' सुरेखा रुंआसी हो आई। उससे बोला नहीं जा रहा था।

—फातिमा ने?'

—यस मैडम....।'

—यह सब कब हुआ?'

—अभी अभी। कोई आधा घंटा पहले। फातिमा कॉलेज आ रही थी। अविनाश उसकी चाल की नकल करता हुआ और उस पर फब्तियाँ कसता हुआ उसके पीछे-पीछे आ रहा था। जैसे ही वह यहाँ गेट पर पहुँची, उसने आगे बढ़कर फातिमा का रास्ता रोक लिया.... ।'

—फिर?'

—फातिमा एक तरफ से निकल कर अंदर आने की कोशिश करने लगी तो उसने फातिमा का हाथ पकड़ लिया और उससे गंदी-गंदी बात करने लगा।'

—फिर क्या हुआ...।'

—किसी तरह फातिमा ने उससे अपना हाथ छुड़ाया और तेजी से फर्स्ट फ्लोर की तरफ भागी....। थोड़ी देर बाद वह नीचे आई। अविनाश अभी भी गेट के पास खड़ा अपने दोस्तों के साथ मस्ती कर रहा था। फातिमा धीरे-से उसके सामने आकर खड़ी हो गयी।'

अविनाश ने फिर उस पर फब्ती कसी। फातिमा ने आव देखा न ताव, बस हाथ की शीशी उसके चेहरे पर दे मारी। उसका चेहरा बुरी तरह झुलस गया। फातिमा ने

एसिड शायद कैमिस्ट्री लैब से लिया होगा....। अब क्या होगा मैडम।'

—कुछ नहीं होगा। फातिमा को कहाँ ले गयी है पुलिस।'

—माटुंगा पुलिस स्टेशन में। अविनाश को सायन हॉस्पिटल ले गए हैं।'

—ठीक है, मैं देखती हूँ।' कहती हुई मैं आगे बढ़ गयी। सीढ़ियाँ चढ़ते हुए मुझमें न जाने कहाँ से इतना साहस आ गया था। मैं सीधे प्रिंसिपल के कमरे में गयी। वहाँ देखा, प्रिंसिपल अभी तक नहीं आए थे। मैं तेजी से नीचे आई और सामने गुजरती हुई टैक्सी को रोककर ड्राइवर से सीधे माटुंगा पुलिस स्टेशन चलने के लिए कह कर भीतर बैठ गयी।

कुछ ही मिनटों में टैक्सी पुलिस स्टेशन पहुँच गयी। मैंने उतर कर जल्दी से टैक्सीवाले को पैसे दिए और भीतर की ओर झपटी। देखा, सामने फातिमा बैंच पर बैठी थी और एक इंस्पैक्टर उसके बयान ले रहा था। मैं फातिमा के पास जाकर खड़ी हो गयी। फ़ातिमा बिल्कुल शांत थी जैसे कि कुछ हुआ ही न हो। उसने मेरी ओर देखा और मेरा हाथ कस कर पकड़ लिया। मैंने दूसरे हाथ से उसकी पीठ थपथपा दी।

—आप कौन?' पुलिस अधिकारी ने मुझसे पूछा।

—मैं डॉ. पलक शिवशंकरन्। सेक्सरिया कॉलेज में कैमिस्ट्री की हेड हूँ....। फातिमा मेरी स्टुडैंट है।'

—बैठिए।' मैं फातिमा के पास ही बैंच पर बैठने जा रही थी कि इंस्पैक्टर बोला—आप यहाँ बैठिए चेयर पर।' उसने अपने पास रखी चेयर की ओर इशारा किया। मैं बैठ गयी।

—घर में किसी को इंफार्म किया।' मैंने फातिमा से पूछा।

—अब्बा और बड़े भाईजान दिल्ली गए हैं। और अम्मी को मैं परेशान करना नहीं चाहती।'

तभी इंस्पैक्टर ने मेरी ओर मुड़कर कहा—मुझे लड़की ने सब कुछ बतला दिया है। आप फिक्र न करें। हमें इस लड़के के बारे में एक-दो बार पहले भी शिकायत मिली है। लेकिन उसके बाप के कॉरपोरेटर होने के कारण हम कोई एक्शन नहीं ले पाये।'

—तो क्या इस बार भी ऐसा ही होगा। पिछले छह महीने से यह लड़का फातिमा को तंग कर रहा है। बिल्कुल मजबूर होकर फातिमा ने यह कदम उठाया।'

—वह तो ठीक है। लेकिन मामला बहुत सीरियस हो गया है। देखें, डॉक्टर लोग क्या रिपोर्ट देते हैं।'

—इन्स्पैक्टर साहब, कोई लड़का लड़की के चेहरे पर तेजाब उंडेल दे तो भी वह बच निकलता है। पिछले साल सेंट थॉमस कॉलेज के हादसे में यही हुआ। और अगर कोई लड़की बहुत मजबूर होकर....।'

—मैं आपकी बात समझ रहा हूँ मैडम। आप चिंता न करें। बस, फॉरमैलिटी के लिए इसकी जमानत दे दीजिए। बाकी हम देख लेंगे।'

फातिमा को लेकर जब मैं पुलिस स्टेशन से बाहर निकल रही थी, तब सोचती जा रही थी कि पुलिस डिपार्टमेंट में भी अच्छे, समझदार लोग होते हैं। लोग पुलिस को यों ही बदनाम करते हैं।

शाम को घर लौटकर मैंने देवांगी दी को फोन पर सारी बातें बता दीं। देवांगी दी बोली—डरने की कोई बात नहीं है। हम इस मामले को 'सहयोग' के द्वारा भी उठा लेंगी। और अगर बातें आगे बढ़ती हैं तो मुझे जानकारी देती रहना।'

मैं आश्वस्त हो गयी। फातिमा को भी फोन करके मैंने उसे आश्वस्त कर दिया।

बाद में अविनाश के बारे में सोचती रही तो मन कडुवा हो आया। देख रही हूँ कि पिछले कुछ सालों से एक नयी पौध पनप रही है जो अपने अभिभावकों के बल पर उच्छृंखल होती जा रही है। माँ-बाप के पास समय नहीं है। वे समझते हैं कि औलाद को सुख-सुविधाएँ देकर उनकी जिम्मेदारी पूरी हो गयी है। घर के बाहर उनकी संतान क्या करती है, कहाँ जाती है, कैसे लोगों से उसके संबंध है—इस सब का उन्हें कोई पता नहीं रहता। हाँ, जब उनके राजकुमार कहीं फंस जाते हैं तो माँ-बाप उनको उबारने के लिए हर तरह का हथकंडा अपनाते हैं। लेकिन फिर यह भी सोचती हूँ कि अविनाश जैसे तत्व दोषी तो हैं ही, लेकिन पूरा दोष सिर्फ उनका नहीं है। आसानी से प्राप्त सुविधाओं से वे वैसे ही हो सकते हैं, जैसे हो रहे हैं। उन्हें पता है कि उनकी पीठ के पीछे मजबूत हाथ हैं जो उन्हें किसी भी मुश्किल और परेशानी से बचा सकते हैं। दरअसल, आसानी से गलत तरीकों से कमाई गयी दौलत का ही यह नतीजा है कि समाज और जीवन से मूल्य धुँधलाते जा रहे हैं। सब सुविधाओं की होड़ में दौड़ रहे हैं, एक दूसरे को पछाड़ने की कोशिश कर रहे हैं। और उच्छृंखल, बेईमान, हिंसक और स्वार्थी होते जा रहे हैं। एक अविनाश नहीं, ऐसे कई अविनाशों का एक स्कूल तैयार हो चुका है जिसके सामने न कोई आदर्श है, न मूल्य, न नैतिकता। बाजारीकरण, खुले बाजार, मल्टीनेशनल्स द्वारा दी गई बड़ी-बड़ी तन्ख्वाहों और वैश्वीकरण ने अविनाश जैसे तत्वों को और बढ़ावा दिया है। यह कई रूपों वाला एक ऐसा अजगर है जो पूरे देश को अपनी जकड़ में कसे जा रहा है। पता नहीं, इस देश का क्या होगा।

फोन घनघना उठा है। उठकर रिसीवर उठाती हूँ।

—हलो।'

—हलो मैडम, मिसेज पलक बोल रही हैं?'

—जी, मैं बोल रही हूँ। आप....।'

—आपने उस फातिमा की जमानत देकर अच्छा नहीं किया।'

—आप कौन हैं?'

—आप ने अपने लिए परेशानी मोल ले ली हैं आप शायद हमारी ताकत को नहीं

जानतीं?'

—और कुछ कहना है आपको।'

—अब कहना कुछ नहीं है सिर्फ करना है।'

—तो कर लीजिए न...।' मैं फोन रख देती हूँ।

तभी फोन फिर घनघना उठता है।

मैं फोन उठाती हूँ।

—कहिए।'

इस बार दूसरी ओर से कोई आवाज नहीं आती।

मैं फोन रख देती हूँ और फिर से रिंग बजने का इंतजार करती हूँ। लेकिन कोई रिंग नहीं बजती।

लेकिन फोन करने का यह सिलसिला कुछ दिनों तक चलता रहता है। इससे मैं थोड़ी चिंतित हो जाती हूँ। उसी चिंता में एक दिन देवांगी दी को फोन करती हूँ।

देवांगी दी की मेड बतलाती है कि वे बाहर गयी हुई हैं। रात को दस बजे तक लौटेंगी।

—ठीक है। वे आएं तो कहना कि पलक मैडम का फोन आया था। मुझे फोन कर लें। एक जरूरी बात कहनी है।' कहकर मैं फोन रख देती हूँ। कुछ सोच विचार के बाद मैं टेलिफोन डाइरेक्ट्री उठाती हूँ। पुलिस कमिशनर के घर का फोन खोजती हूँ और फोन पर वह नम्बर घुमा देती हूँ।

फोन की घंटी बजने लगती है।

—हलो, कौन?'

—साहब हैं।' मैं पूछती हूँ।

—आप कौन।'

—मैं सेक्सरिया कॉलेज की प्रोफेसर बोल रही हूँ। प्रोफेसर पलक शिवशंकरन्।'

—जी देखता हूँ।'

दूसरी तरफ से फोन पर संगीत बजने लगता है।

—हलो।' थोड़ी देर बाद एक भारी आवाज सुनाई पड़ती है।

—जी, नमस्कार। मैं प्रोफेसर पलक बोल रही हूँ।'

—बोलिए।'

मैं संक्षेप में सुबह से लेकर अभी तक ही सारी बातें उन्हें बतला देती हूँ।

—ठीक है मैं इन्क्वायरी करता हूँ। आप सुबह आठ बजे फोन कीजिए।'

—थैंक यू सर।' मैं फोन नीचे रख देती हूँ।

लेकिन चिंता अब भी है। चिंता भी क्या चीज़ है। इन्सान को पूरी तरह अस्त-व्यस्त कर देती है। उसके बाद किसी दूसरे काम में मन नहीं लगता। मेरी स्थिति भी कुछ ऐसी ही हो गयी है।

13

आज पूरी बिल्डिंग जैसे उत्सव मना रही है।

नीचे के फ्लैट में रंजिता चोपड़ा की शादी हो रही है। लाउड स्पीकर से फिल्मी गीतों का शोर मचा हुआ है। पटाखे छोड़े जा रहे हैं। बच्चे हुड़दंग मचा रहे हैं।

रंजिता के पिता कॉरपोरेशन में सफाई सुपरवाइजर थे। दो-तीन साल पहले ही रिटायर हुए हैं। एक बेटा है शेखर। मेरे कॉलेज से ही बी. ए. किया है। पिता चाहते रहे कि उसे भी कॉरपोरेशन में लगा दें लेकिन नहीं लगा पाये। 'आमची मुंबई' की मानसिकता यहाँ बहुत बढ़ गयी है। इसीलिए वह अब तक कोई नौकरी नहीं पा सका।

कुछ दिन पहले बहिन की शादी का कार्ड देने वही आया था। मैंने पूछा था—'क्या कर रहे हो?'

—मैडम, कुछ भी तो नहीं। पहले नौकरी की तलाश में सड़कों पर जूते घिसता था। अब वह भी छोड़ दिया है। कोई फायदा नहीं है। कहीं कोई कोशिश करने का।'

शायद वह सच ही कह रहा था। मैं थोड़ी देर चुप बनी रही।

—अच्छा रुको, तुम्हारे लिए चाय बनवाती हूँ।' कहते हुए मैंने नंदू को आवाज दी। वह किचन में बरतन धो रही थी।

—रहने भी दो मैडम। अभी और बहुत से लोगों के घर जाना है। कार्ड बाँटने हैं।'

—अरे उसमें क्या हुआ। कार्ड भी बँट जाएँगे। तुम रोज-रोज कहाँ आते हो।'

—...........'

—लड़का क्या करता है।' मैंने रंजिता के भावी पति के बारे में जानना चाहा।

—वह ठीक ठाक है। काम धंधे से लगा है।'

—क्या काम करता है।'

—जियाजी प्रोडक्शन में है। उनके लिए सीरियलों के स्क्रिप्ट लिखता है।'

—तब तो वह खूब कमाता होगा।'

—ऐसा कुछ नहीं है मैडम। दूर के ढोल सुहाने लगते हैं। बस, घर चल जाता है।'

—मैं समझी नहीं।'

—लोग समझते हैं कि स्क्रिप्ट राइटर को काफी पैसा मिलता है। पाँच-छह हजार रुपये प्रति एपीसोड। लेकिन ऐसा है नहीं।'

—हाँ, सुना तो मैंने भी है कि इन्हें काफी पैसा मिलता है।'

—कहाँ का पैसा मैडम। जिया जी वाले उसे पाँच सौ रुपये पर एपीसोड देते हैं। बस....। हाँ, इतना है कि उसके पास काफी काम रहता है। अपने एक-दो दोस्तों को भी साथ में लगा रखा है। आपने देखा ही होगा, जिया जी प्रोडक्शन के दर्जन भर सीरियल चैनल्स में चल रहे हैं। ज्यादातर वही लिखता है। दिन में सोलह-सोलह घंटे लिखता रहता है, बस।'

नन्दू चाय दे गयी थी।

—मैडम, आप तो बहुत बिजी रहती हैं।'

—हाँ, बिजी तो रहती हूँ। बिजी रहना पड़ता है शेखर। खाली रहो तो वक्त नहीं कटता है न।'

—हाँ, यह तो है।' चाय की प्याली नीचे रखते हुए शेखर बोला—अच्छा चलूँ।' वह उठता हुआ बोला था—आप आइएगा जरूर।'

—जरूर आऊँगी....।' मैंने उसे आश्वस्त कर दिया था।

शेखर के जाने के बाद अनजाने ही सब्बू की शादी आंखों के सामने घूम गयी। शादी क्या थी, बस एक तरह की खानापूर्ति थी। उस की शादी को लेकर भी घर में दंगल हुआ था। माँ ने लड़के वालों से साफ-साफ कह दिया था कि हम शादी में कुछ खर्च नहीं कर सकते। लड़के वाले पहले तो मान गए लेकिन ऐन शादी से दो दिन पहले उन्होंने अपनी मांगों की एक लिस्ट माँ के हाथों में थमा दी। माँ बिफर गयी। यह नहीं कि एक औसत शादी के लिए उसके पास पैसा नहीं था। लेकिन अपने पैसे को दाँत से पकड़नेवाली माँ के लिए सब्बू की शादी से ज्यादा अहमियत अपने आगे के दिनों के लिए अपने पैसों को बचाए रखने की थी। उसने कह दिया कि शादी हो न हो, वह एक पैसा खर्च करनेवाली नहीं। इससे घर घुटन से भर गया। मेरे बैंक एकाउन्ट में मुश्किल से दो हजार रुपये थे। एक तरह से नौकरी लगने के बाद घर का सारा खर्चा मैं ही चलाती थी। सो, पैसों के बचने का सवाल ही नहीं था।

माँ ने पहली बार ऐसा किया हो, ऐसा नहीं था। मेरी शादी के मौके पर भी उसने ऐसा ही किया था। शुभम् के भाई तब तिरची में रहते थे। उनका कहना था कि लड़की अपने परिवार वालों के साथ यहीं आ जाए। यहीं शादी करके एक छोटी-सी पार्टी दे देंगे। तब भी माँ ने कहा था कि मेरे पास कोई पैसा नहीं है। मुझे शादी में ले जाना है तो मेरे आने-आने का इन्तजाम कर दो। तब मैं ही अप्पा और अम्मा को हवाई जहाज से तिरची ले गयी थी। सब्बू को पहले ही ट्रेन से भेज दिया था। और सचमुच माँ पूरे कार्यक्रम में एक अतिथि की तरह ही पेश आती रही। तब से मैंने माँ से कभी किसी तरह की कोई अपेक्षा नहीं की।

सब्बू का होने वाला पति राजन फोटोग्राफर था। चिंपोकली में उसका एक छोटा-सा स्टूडिओ था। घर चलाने लायक आमदनी हो जाती थी। सब्बू माँ की प्रिय थी। मीठी-मीठी बातें बनाने और अपना काम निकालने में वह माहिर थी, आज भी है। उसने माँ से कहा कि ठीक है, तुम्हारे पास शादी के खर्च के लिए पैसे नहीं है तो अपने कुछ जेवर ही दे दो। मेरे पास तो गले ही एक चेन के अलावा कुछ नहीं है। पता नहीं कैसे, उसने माँ को पटा लिया और उसे सोने के कुछ भारी गहने ऐंठ लिए। माँ के पास उसकी माँ का दिया हुआ काफी सोना था। जब भी उसे फुरसत मिलती वह अपनी संदूकची निकाल लेती और बारी-बारी से अपने जेवरों को देखने और गिनने लगती। उसकी इस हरकत को देखकर हम बहनें कभी हंसती और कभी आक्रोश से भर उठतीं।

खैर, तब मैंने ही पैसों का जुगाड़ किया था। कुछ एफ. डी. थे। उन्हें तुड़वाया। दो-चार गहने थे जो शुभम् की भाभी ने मुझे शादी के मौके पर दिए थे। उन्हें बेचा। एक-दो सहेलियों से कुछ उधार लिया। और सब्बू की शादी करा दी। सब्बू शादी के बाद अपने ससुराल चली गयी। एन-टॉप हिल पर राजन का एक छोटा सा फ्लैट था।

दिन कैसे बीत जाते हैं, पता ही नहीं चलता। शादी के बाद राजन की फोटोग्राफी की दूकान तेजी से चल पड़ी। इसे राजन ने सब्बू के साथ विवाह को बड़ा शकुन माना। सब्बू हम तीनों बहिनों में बड़ी चालाक और केलकुलेटिव रही है। उसने राजन के इस विश्वास का फायदा उठाया और एक तरह से उसे अपनी मुट्ठी में कर लिया। माँ से भी उसने खूब बनाए रखी। इतना ही नहीं, शादी के ढाई साल बाद जब उसका पहला बेटा हुआ, उसने अप्पा को भी मद्रास से अपने पास बुला लिया। सीधे-सादे अप्पा यहाँ आकर उसके घर और बच्चे की रखवाली करने लगे। तभी अगले साल सब्बू का एक और बेटा हो गया। तभी राजन ने बांद्रा में एक थोड़ा बड़ा फ्लैट ले लिया। इस फ्लैट की रकम अदा करने के लिए सब्बू ने माँ से एक लाख से भी ज्यादा ऐंठ लिए। माँ सब्बू की मीठी चिकनी चुपड़ी बातों में आ गयी और उसने अपने कुछ फिक्स डिपोजिट के सर्टिफिकेट तुड़वा कर पैसे सब्बू के हाथों में पकड़ा दिए। माँ, जिसने कभी किसी बहिन के हाथ पर एक पैसा नहीं रखा था, पता नहीं कैसे सब्बू को इतनी राशि देने को तैयार हो गयी। मैंने इसे सब्बू की कला का कमाल ही माना।

शुरू-शुरू में अप्पा को भी अच्छा लगा। सब्बू उनके खाने-पीने का ध्यान रखती। अप्पा 70 वर्ष की उम्र में भी अभी तक सक्रिय थे। दोनों के काम पर जाने के बाद वे नौकरानी से घर की सफाई करवाते। पौधों को पानी देते। छोटे शिशु को नहलाते-धुलाते। उसके साथ खेलते और टाइम पर उसके खाने-पीने की व्यवस्था करते। इसी में उनका दिन बीत जाता। लेकिन धीरे-धीरे उन्हें यह सब अपनी जिम्मेदारी महसूस होने लगी।

कभी-कभी जब मैं उनसे मिलने जाती और वे अकेले होते, वे अपने अतीत में खो जाते। वे बताते मुंबई आने से पहले उनकी जवानी का अधिकांश उत्तर भारत में ही

बीता। चंडीगढ़, कानपुर, भोपाल और बिलासपुर। इन सभी शहरों में उन्होंने नौकरियाँ भी कीं और आजादी की लड़ाई में भाग भी लिया। सन '42 के आंदोलन में 6 महीने की जेल भी काटी। उन दिनों वे कानपुर में थे। संस्कारों से कट्टर गांधीवादी थे और इसीलिए तमिलभाषी होते हुए भी वे हमेशा हिंदी का अखबार ही पढ़ते थे। आजादी के बाद उनका नाम भी स्वतंत्रता सेनानियों की सूची में आ गया और प्रति माह उन्हें थोड़ी राशि भी मिलने लगी। सब्बू के यहाँ उनका अपना कोई खास खर्च नहीं था। बस, अपने खर्च के लिए दस बीस रुपये बचा कर वे शेष राशि सब्बू को दे देते। इस तरह सब्बू के घर में आमदनी का एक छोटा-सा जरिया अप्पा भी बन गए। जब भी मैं उनसे मिलती तो वे यही सब दोहराते....और दोहराते-दोहराते उनकी आँखें भर आतीं।

अप्पा की उम्र बढ़ती जा रही थी। अब उनसे पहले जितना काम नहीं होता था। उधर सब्बू के बच्चे भी बड़े हो चुके थे। फ्लैट में जगह की कमी महसूस होने लगी थी। अप्पा का महत्व भी घटने लगा था। सब्बू को जैसे अब उनकी कोई जरूरत नहीं रह गयी थी। बात-बात में बच्चे भी अप्पा की उपेक्षा करने लगे। सो एक दिन अप्पा ने सब्बू से कहा—सब्बू, मुझे लगता है कि मेरी खोली खाली पड़ी है। कहीं ऐसा न हो कि उस पर कोई अपना हक जमा ले और बाद में निकलने का नाम ही न ले। मैं सोचता हूँ कि वहाँ चला जाऊँ। कम से कम खोली तो बची रहेगी।'

सब्बू जैसे इसी मौके के इन्तजार में थी—'अप्पा, तुम्हारा यहाँ से जाना तो बहुत खलेगा। लेकिन खोली तो अपने काबू में रहनी चाहिए न। आज के दिन उसकी कीमत तीन-चार लाख रु. तो होगी ही। ठीक ही सोचा है तुमने।'

—तो ठीक है। मेरा सामान तैयार कर दे। मैं अगले हफ्ते अंधेरी चला जाऊँगा।'

जब मैंने सुना कि बप्पा अँधेरी की अपनी खोली में चले गए हैं तो मुझे बड़ा झटका लगा। सब्बू ने जरूर कुछ कह दिया होगा। उससे फोन पर पूछा तो बोली—अप्पा वहाँ जाना चाहते थे, सो चले गए। तू तो जानती ही है। वे अपने मन की करते हैं। मेरे रोकने से रुक थोड़े ही जाते।'

दूसरे दिन मैं कॉलेज़ के बाद अँधेरी चली गयी। अप्पा थाली में आटा गूंथ रहे थे। आटा गीला हो गया था। उन्हें इस उम्र में आटा गूँथते देखकर मेरी आँखें गीली हो आईं। मुझे देखकर अपने हाथ पोंछते हुए वे बोले—'अरे पल्ली तू।'

—बप्पा यह सब क्या है। तुमने मुझे बताया तक नहीं और यहाँ चले आए।' मेरे स्वर में शायद थोड़ी तुर्शी थी।

—आ, पहले बैठ तो जा। पानी पीयेगी।' वे उठने को हुए तो मैंने रोक दिया।

—तुम बैठो अप्पा। मैं खुद ले लूँगी।' और मैं अप्पा के पास ही जमीन पर बैठ गयी।

मेरी पीठ को सहलाते हुए वे फफक्-फफक कर रो पड़े।

—इस उम्र में यह भी देखना था।' वे बोले—वैसे दुनिया का यही नियम है। कागज

की पुड़िया में सामान लाओ। सामान को सहेज लो तो फिर कागज को कूड़ेदान में डाला जाता है न।' वे अपने आँसू पोंछते हुए कहने लगे।

अप्पा बहुत देर तक बोलते रहे। जैसे वे मुझसे नहीं, अपने आप से बात कर रहे हों। सब्बू का रूखा व्यवहार, बच्चों द्वारा की गयी उपेक्षा और राजन के कटाक्ष –वे सब के बारे में बोलते रहे और मैं आँसू बहाती सुनती रही।'

–अप्पा, चलो, चलकर मेरे साथ रहो। मैं सब संभाल लूंगी।' मैं भावावेश में कह गयी।

अप्पा एक रूखी हंसी हंसे। थाली के गीले आटे को देखते हुए बोले–अब आसमान से टपकूँ और खजूर में अटक जाऊँ? ना बाबा ना। तेरी माँ के दंश तो मुझसे और भी नहीं सहे जायेंगे। मैं यहीं ठीक हूँ। कुछ दिनों में सब ठीक हो जाएगा। आसपास अच्छा पड़ोस है। सब अच्छे लोग हैं। कल रात नसीम सब्जी दे गयी थी। बस, दो रोटी सेंक ली। खाना बनाना आता है मुझे। कोई तकलीफ नहीं है। तू चिंता मत कर। बस कभी-कभी अपने अप्पा को यों ही याद कर लिया कर। कभी फुरसत मिले तो घड़ी दो घड़ी के लिए आ जाया कर।' वे फफकने लगे थे।

कुछ संयत होने पर बोले–अब श्री बड़ा हो गया है। राज्यश्री भी जवान हो रही है। एक-दो साल की बात और है। श्री की नौकरी लग जाएगी। तेरी साधना पूरी हो गयी। तूने बहुत सहा पल्ली। मैं ही तेरे लिए कुछ नहीं कर सका।' उनकी आँखों से फिर आँसू ढुलकने लगे।

मैंने उन्हें चुप कराया। किचन में जाकर उनके लिए कुछ रोटियां सेंक दीं। दाल बना दी। थोड़े से चावल भी उबाल दिए। उन्हें खिला-पिलाकर मैं नीचे उतरी तो दिल भरा-भरा सा था। घर लौटते हुए रास्ते भर सोचती रही कि इस उम्र में अकेला हो जाना कितना मारक होता है। यह मार तब और भी मारक महसूस होने लगती है जब पत्नी और बच्चे भी उसी शहर में रहते हों।

मेरा मन अप्पा के प्रति अपार करुणा से भर आया था। बेचारे अप्पा।

14

उस दिन मुहर्रम की छुट्टी थी। देवांगी दी का फिर फोन आया था। मुझे घर आने को कहा था—थोड़ी जरूरी काम है। कुछ बातें फोन पर नहीं की जा सकतीं। इसीलिए।' इस बीच भी उनके दो-तीन बार फोन आए। लेकिन अपनी व्यस्तता से मैं जा नहीं पाई। 'सहयोग' के ऑफिस में गए भी एक हफ़्ते से ज्यादा हो गया है। 'रिपब्लिक डे' की परेड के लिए एन. सी. सी. की लड़कियों को तैयार कर रही हूँ। लेकिन उस दिन सोचा, कैसे भी हो, आज दीदी से मिलना ही है। और मैं घर का काम निपटा कर उनके यहाँ चली गयी।

दीदी ने मुझे अपने बेड-रूम में ही बुला लिया। मैंने देखा, दीदी का चेहरा एकदम पीला पड़ गया है। वे तकियों के सहारे अधलेटी थीं। अभी मुश्किल से दस-बारह दिन पहले तो मैं उनसे मिली थी। तब उन्होंने बतलाया था कि शाम के समय उन्हें हल्का-हल्का बुखार आ जाता है। कमजोरी महसूस करने लगती हैं। शायद एक्ज़रशन के कारण ऐसा हो रहा है। उन दिनों वे स्कूल का नक्शा पास कराने में कॉरपोरेशन के चक्कर काट रही थीं। कभी-कभी कलेक्टर ऑफिस में भी जाना होता था। गाँधीनगर में कलक्टर की जमीन पर ही स्कूल बनना था।

मुझे देखकर वे उठने को हुईं तो मैंने उन्हें रोक दिया—आप लेटी रहिए।' और मैंने पास रखी कुर्सी खिसका कर उनके बिस्तर से सटा ली। उन्होंने मेरा हाथ पकड़ लिया। और लगभग भरी आँखों से चादर पर कढ़े डिजाइन को देखती रहीं।

कुछ देर बाद उनका हाथ ढीला हुआ तो मैंने उनसे पूछ लिया—क्या बात है दीदी। आप इतने से दिनों में इतनी दुबली हो गयी हैं।'

उन्होंने मेरी तरफ देखकर मुस्करा दिया। एक फीकी मुस्कान। बोलीं—ऐसा भी होता है पलक। ऐसा भी वक्त आता है जब इंसान बिल्कुल अकेला महसूस करने लगता है। भीड़ और व्यस्तता के बीच भी अकेला हो जाता है वह।'

—लेकिन आपको क्या हुआ है?'

—कुछ भी तो नहीं। बस, लगता है अपनी यात्रा पूरी हो गयी है।'

—क्या, कुछ भी बोल देती हैं आप।'

—नहीं पलक, ऐसा नहीं है। मैं जो कुछ भी कहती हूँ, लम्बे विराम के बाद सोच-समझ कर कहती हूँ।' उनकी आँखें डबडबा आई थीं।

—हिम्मत नहीं हारते दीदी। अगर आप ही हिम्मत हार गयीं तो मुझ जैसों का क्या

होगा।'

—तुम्हारे साथ सब ठीक हो, इसीलिए मैंने तुम्हें यहाँ बुलाया है।' फिर कुछ रुक कर बोलीं—परसों टाटा हॉस्पिटल गयी थी। चेक अप के लिए। उन्होंने बताया कि मुझे ब्लड कैंसर है। थर्ड स्टेज चल रही है। और मैं बहुत क्रिटिकल स्टेज में हूँ। उन्हें आश्चर्य हो रहा था कि मैं चल फिर कैसे रही हूँ...। उन्होंने मुझे तीन महीने दिए हैं। चाहते थे कि मैं अस्पताल में दाखिल हो जाऊँ। मैंने मना कर दिया। मैंने कह दिया कि मैं अपने घर पर ही शांति से मरना चाहूंगी।' कहते-कहते वे काफी थक गयी लगती थीं।

मैं अवाक् थी और शांत थी।

—मुझे तुमसे एक खास बात कहनी है पलक।' वे मेरी तरफ मुड़कर बोली।

—कहिए न दीदी।'

—देखो, मुझसे अब चलना-फिरना नहीं हो पायेगा। तुम किसी भी तरह 'सहयोग' को संभाल लो।'

—मैं? अकेले?'

—तो क्या तुम चाहती हो कि इस हालत में भी मैं ही दौड़-भाग करूँ। न पलक न। मुझमें अब इतनी ताकत नहीं रह गयी है।' फिर कुछ देर रुक कर वे बोलीं—तुम्हें मदद के लिए काफी लोग मिल जाएँगे। इतने सालों में तुम्हें इतना अनुभव तो हो ही गया है। मुझे विश्वास है कि तुम कर ले जाओगी।'

—आपको विश्वास है तो मैं कोशिश करूँगी दीदी। पूरी कोशिश करूँगी।'

—पलक, तुम यह मान कर चलो कि तुम्हारी मुक्ति का यह एक रास्ता है। साल-दो साल में तुम भी रिटायर हो जाओगी। तुम्हारा श्री कनाडा चला गया है। बेटी की शादी हो गयी है। अकेली क्या करोगी। 'सहयोग' को सँभालने से तुम अकेलेपन से नहीं जूझोगी। पलक, अकेलापन और खालीपन बड़ी तकलीफ देने वाला होता है। मैं इस सच्चाई को जितनी अच्छी तरह जानती हूँ, शायद तुम नहीं जानती। इतने सालों तक जो मैं जिंदा रह पाई, वह 'सहयोग' के कारण ही। दूसरों के दुखों में शामिल होना, उन्हें संवेदना के साथ अपनाना, उनकी भलाई के लिए कुछ कर देना दरअसल अपने लिए करना होता है। और उनकी भी दुआ हमें लगती ही है न....।'

—आप ठीक कह रही हैं दीदी। मैं करूँगी...।'

—मुझे तुमसे यही उम्मीद थी पलक। एक-दो दिन में जब भी तुम्हें फुर्सत हो, तुम आ जाना। 'सहयोग' की सारी फाइलें तुम्हें सौंप दूंगी। अब मैं इस सब से मुक्त हो जाना चाहती हूँ। तुमने मेरी जिम्मेदारी अपने ऊपर ले ली तो शांति से मर सकूँगी....।' कहते-कहते उनकी आवाज भारी हो गयी थी।

कुछ देर और बातें करके मैं जाने के लिए उठने लगी तो उन्होंने रोक लिया। बोलीं—अभी कहाँ जा रही हो। तुम्हें और भी कुछ बताने को जी चाह रहा है।'

मैं एकटक उनके चेहरे को देखने लगी। कुछ देर तक वे आँखें मूँदे रहीं। जैसे कहीं

दूर किसी बिंदु पर अपना ध्यान केन्द्रित कर रही हों। फिर धीरे से उन्होंने आँखें खोली, फिर बिस्तर पर पूरी तरह लेट गयीं और मेरी ओर करवट लेकर कुछ मुस्कराईं।

मैं उनके मुस्कराने का अर्थ नहीं समझ पाई। लेकिन कुछ बोली नहीं।

थोड़े पल और बीते। फिर उन्होंने कहा—पलक, एक दिन तुमने कहा था कि मैं तुमसे कुछ छुपा रही हूँ। कहा था कि नहीं।'

—हाँ, कहा तो था दीदी। यह भी कहा था कि मैं उस के बारे में आपसे कभी कुछ नहीं पूछूँगी।'

—हाँ कहा था, लेकिन मैंने यह भी तो कहा था कि मैं वक्त आने पर तुम्हें जरूर बतला दूंगी....।'

मैं उनका चेहरा देखती रही। वहाँ किसी तरह की उदासी, चिंता या यों कहो, संकोच नहीं था।

—और अब वक्त आ गया है।' उन्होंने मेरी ओर देखकर कहा। मैं चुपचाप उनके पीले चेहरे को देखती रही।

वे टुकड़ों-टुकड़ों में रुक-रुक कर बतलाती रहीं कि उनके पापा उच्च वर्गीय व्यवसायी थे। घर में नौकर-चाकर थे। पढ़ाई के लिए घर में टीचर आते थे। घर में ही डांस टीचर मुझे कत्थक की प्रेक्ट्सि कराते थे। कहीं कोई कमी नहीं थी। बस, कमी थी तो माँ की तो मुझे जन्म देने के साल भर बाद चल बसी थी। पापा कहते थे, बहुत मन्नत के बाद तू पैदा हुई देवा। शायद इसीलिए मुझे देवांगी नाम दिया गया। उस समय पापा की उम्र पैंतालिस पार कर गयी थी। उन्होंने दूसरी शादी नहीं की, बस अपना ध्यान मेरे पालन-पोषण और धर्म-कर्म की ओर लगा दिया।'

दीदी शांत भाव से सामने की दीवार को देखती बोले जा रही थीं।

—कॉलेज की जिंदगी बहुत मजे में कटी। एम. ए. तक हमेशा पहला, दूसरा स्थान पाती रही। सोशल-कल्चरल फंक्शन्स में भाग लेती थी। अपनी सहेलियों के बीच खूब पॉपुलर थी। महीने में एक-दो बार हमारा गैट-टु-गैदर होता। खूब मौज मस्ती करते। उस साल बी. ए. के फाइनल में थी। कॉलेज के वार्षिक समारोह में मैंने हनुमंत नायडू की एक गजल गाई थी—

—जिंदगी पूजा यहाँ थी, जिंदगी तो प्यार थी।
आदमी बौना भले हो, जिंदगी मीनार थी।
यह धुआं कैसा धुंआ, कुछ भी नहीं दिखता हमें
जिंदगी पहले यहाँ तो कांच की दीवार थी।

बस यह गजल गाना ही मेरी जिंदगी के पन्नों को तितर-बितर कर गया।

वे खामोश हो गयीं।

—मैं समझी नहीं दीदी।' मैं धीरे से बोली। वे अभी तक शून्य में देखती हुई जैसे उस समारोह को जी रही थी। कुछ देर के बाद वे बोलीं—समारोह में कॉलेज के ट्रस्टी

सूरज भान बाफना भी आए हुए थे। कई मिलों के मालिक थे वे। कई व्यवसाय थे उनके। उनका बेटा भी उनके साथ था अशोक बाफना। वह मुझ पर मोहित हो गया। उसी साल अमेरिका से बिजनेस मैनेजमैंट की डिग्री लेकर लौटा था।

'कुछ दिन बाद अशोक के पिता ने पापा को कांटेक्ट किया और अशोक के लिए मेरा हाथ मांगा। पापा ने मुझ से पूछा। मैंने कह दिया कि एम. ए. से पहले मैं शादी-वादी के चक्कर में नहीं पड़ूंगी। पापाजी ने यह बात बाफना से कह दी। यह भी कहा कि हमारी और उनकी क्लास में बड़ा फर्क है, कि मेरी बेटी बहुत स्वतंत्र विचारों वाली है, कहीं ऐसा न हो कि....

'लेकिन अशोक मुझसे शादी करने की अपनी जिद पर अड़ा रहा। वह मेरे एम. ए. करने तक प्रतीक्षा करने को भी तैयार हो गया। अब पापा के पास कोई रास्ता नहीं बचा था। वे अनमने भाव से शादी के लिए तैयार हो गए। दरअसल वे सूरजभानजी के व्यक्तित्व और शहर में उनकी साख से बहुत प्रभावित हो गए थे। सोचते थे कि बेटा भी पिता की तरह शालीन और सद्विचारों वाला होगा।

'शादी से पहले मैं अशोक से कई बार मिली। वह सुंदर और आकर्षक तो था ही, तीव्र बुद्धि भी था। मैं भी धीरे-धीरे उसे पसन्द करने लगी। अशोक भी मेरी तरह अपने पिता की अकेली संतान था। शायद अपनी लाड़-प्यार से पली संतान की बात रखने के लिए सूरजभान जी इस शादी के लिए उत्सुक थे...।

खैर, शादी हो गयी।' उन्होंने एक लम्बी सांस ली और खामोश हो गयीं। थोड़ी देर रुक कर मैंने पूछा—फिर क्या हुआ दीदी।'

—'होता क्या। बस मोह-भंग हो गया। धीरे-धीरे मेरे सामने अशोक की असलियत खुलने लगी। बाहर से वह जितना शालीन और सभ्य लगता था, भीतर से उतना ही कठोर और कामुक था। उसकी नजर में मैं उसके लिए एक जिस्म थी। एक खिलौना, जिससे वह जब चाहे खेल सकता था। सुबह, दिन, रात, शाम—कभी भी। बिस्तर, बाथरूम, गैलरी, किचन कहीं भी। बाद में पता लगा कि उसके दूसरी औरतों से भी संबंध थे। मैं पहले तो बहुत डिस्टर्ब रही, बाद में उसे देखते ही मुझे उबकाई आने लगती। मेरा जीवन मरण हो गया।

'सूरजभान जी को अपने बेटे की हरकतों का पता नहीं था, ऐसी बात नहीं थी। लेकिन वे सोचते थे कि एक सुसंस्कारी लड़की से शादी करने के बाद अशोक सुधर जाएगा; जैसा बिगड़ैल बेटों के अधिकतर माँ-बाप सोचते हैं। लेकिन जैसा कि अक्सर हो जाता है, वैसा नहीं हो पाया।

और फिर एक दिन...।' दीदी कहते-कहते रुक गयी। उनकी आँखें भर आई थीं। मैं उनको देखती रही। बोली कुछ नहीं।

—जब तुम्हें बताने बैठी हूँ, तो यह भी बता दूँ।' वे मेरी तरफ देखते हुए बोलीं—तब एक दिन एक दिन अमेरिकन लड़की अमेरिकन कान्सुलेट के एक अधिकारी

को लेकर हमारे बंगले पर आई। उसकी गोद में एक-डेढ़ साल का बच्चा था। उस वक्त सूरजभान जी घर पर ही थे। लड़की का नाम रोज़ था। उसने बतलाया कि अशोक ने अमेरिका में उससे शादी है। कि यह बच्चा भी उसी का है। कि वह शादी के सारे पेपर्स साथ लाई है। कि अब उसे अशोक चाहिए और अपना अधिकार चाहिए।

'सुनकर सूरजभान जी सन्न रह गए। अशोक उस समय घर पर नहीं था।

'रोज़ चली गयी। अधिकारी जाते-जाते कह गया—मिस्टर बाफना, आप जल्दी ही कोई डिसीजन लीजिए। नहीं तो एम्बैसी इंडियन गवर्नमेंट से कॉन्टैक्ट करेगी।

'इनके जाने के बाद सूरजभान जी ऊपर सीलिंग्ज की ओर देखते हुए मुझसे बोले—बेटे, मैंने क्या सोचा था, क्या हो गया।' उनकी आँखों से तर-तर आँसू बहने लगे।

'मैंने उन्हें आश्वस्त करने की बहुत कोशिश की लेकिन वे रोते ही रहे। हार कर मैं उनके पास से उठ गयी। देर रात को अशोक घर में आया तो उन्होंने कुल इतना पूछा—तुमने अमेरिका में किसी रोज़ के साथ शादी की थी...?'

'अशोक एक क्षण के लिए तो इस सवाल से अचकचा गया। फिर अपने को संभाल कर बोला—रोज़ मेरी अच्छी दोस्त थी। मेरे ही साथ युनिवर्सिटी में पढ़ती थी।'

—उसके फादर क्या करते हैं?

—वे सोलिसिटर हैं।

—तुमने रोज़ से शादी की थी? उन्होंने फिर पूछा।

—बाबूजी, आप भी कैसी बातें करते हैं। वहाँ तो एक सुबह शादी होती है और दूसरी सुबह टूट जाती है।

—यह मेरे सवाल का जवाब तो नहीं है।

—तो आपके सवाल का जवाब यह है कि हाँ, मैंने शादी की थी। और तीन महीने बाद हमने आपसी रजामंबदी से डाइवोर्स भी ले लिया था।

—शादी और डाइवोर्स के पेपर्स हैं तुम्हारे पास?'

'इस सवाल का जवाब अशोक के पास नहीं था।' कह कर दीदी खामोश हो गयीं और देर तक पैर के अंगूठे से चादर को कुरेदती रहीं। उनकी आँखों से फिर आँसू छलकने लगे।

अकेले सहे गए दुःख को याद करके भी बड़ी टीस होती है। दीदी उस वक्त इसी टीरा को झेल रही थीं।

थोड़ी देर बाद वहाँ रुक कर मैं घर लौट आई। फिर कभी आने को कहकर। वे कुछ बोली नहीं। बस, दरवाजे से मेरा निकलना देखती रहीं।

15

दिवाली के दिन हैं।

घर की सफाई चल रही है। सारा सामान अस्त-व्यस्त पड़ा है। मैं अकेली अपनी किताबों, फाइलों और एलबम को संभालने में लगी हूँ।

तभी एक बहुत पुरानी एलबम को झाड़ने के बाद मैं उसके पन्ने पलटने लगती हूँ। बचपन के कई फोटो, जो अब मटमैले हो गए हैं, उसमें लगे हैं। अपनी सहेलियों के फोटो, तिरची के घर, अम्मा, मौसी और अप्पा के फोटो...मैं पन्ने पलटती जाती हूँ। तभी मेरी नजर एक फोटो पर आकर अटक जाती है। एक किशोर साइकिल के सहारे खड़ा मुस्करा रहा है। सहसा मुझे 45-50 साल पहले का बालचंद्रन याद आ जाता है। तिरची का बल्लू। मेरा सहपाठी। मेरी सहेली शर्मिला को बहुत अच्छा लगता था वह। लेकिन एक दिन बातों-बातों में उसने मुझ से कहा था—पल्ली, मुझे तो तू ही सबसे अच्छी लगती है।' मुझे अभी तक उसका यह वाक्य याद है। कितने सालों बाद याद आई उसकी।

वैसे मेरी शादी पर अमेरिका से उसका ग्रीटिंग कार्ड आया था। उसके बाद सालों तक कुछ नहीं। फिर शुभम् के निधन के दो साल बाद उसका एक लम्बा संवेदना पत्र मिला कि उसे अभी कुछ दिन पहले ही इस हादसे के बारे में मालूम हुआ। उसने यह भी लिखा था—पल्ली किसी बात का अभाव या कष्ट महसूस मत करना। कुछ भी हो, मुझे लिख देना। हमारे बीच एक सच्ची दोस्ती का रिश्ता था, है और रहेगा। माँ-बाप और पति-पत्नी के रिश्तों से ज्यादा महत्वपूर्ण और विशेष रिश्ता। दूर चले जाने या सालों-साल एक दूसरे से सम्पर्क न रख पाने के कारण यह रिश्ता टूट नहीं जाता।

दूसरे पत्रों में उसने और भी बहुत सी बातें लिखी थीं। उसने वहाँ अपनी सॉफ्टवेयर कम्पनी खोल ली है जिसमें कितने ही अमेरिकी काम करते हैं। आठ-दस देशों में कम्पनी की शाखाएँ हैं। शादी काफी पहले कर ली थी। दो बच्चे हैं। बड़े हो गए हैं। फिर मेरे बच्चों के बारे में पूछा था। और अन्त में फिर लिखा था—पल्ली अपने को अकेला मत समझना। किसी तरह की भी जरूरत हो, मुझे लिख देना। बस।

फोटो देखकर मन एक अजीब से अपनेपन से भर गया। आँखें भर आईं। आँखों का भर आना अच्छा लगा। तिरची के दिन याद आ गए। और साथ ही याद आ गयी शर्मिला। बेचारी शर्मिला।

पिता के निधन के बाद उसका परिवार उजड़-सा गया। उनके पार्टनर ने जायदाद का काफ़ी हिस्सा हड़प लिया। कुछ ख्यात गुंडे माँ-बेटी को अकेला जान, उनके पीछे पड़ गए। कल तक जो परिवार शहर के सबसे समृद्ध और सुखी परिवारों में से था, पलक झपकते ही सभी तरह की समस्याओं और आपदाओं से घिर गया। माँ ने दूसरी शादी कर ली। शर्मिला इस आघात को नहीं सह सकी और वह तिरची छोड़ देहरादून चली गयी अपने दूर के रिश्ते के चाचा के पास, जो सेना से रिटायर होकर वहीं बस गए थे।

तब एक पत्र में उसने लिखा था—पल्ली, स्वर्ग भी यहीं हैं और नरक भी यहीं हैं। मैंने दोनों को जीया है। तुम तो भाग्य और भगवान पर भरोसा नहीं करती लेकिन मैं अब करने लगी हूँ। पहले तो कभी इनके बारे में सोचा तक नहीं था। अब लगता है कि भाग्य भी होता है और भगवान भी। इन तीन-चार सालों से मुझे इसका खूब अनुभव हुआ है। मैंने पापा के रहते जो शानदार निश्चित जिंदगी जी, पापा के निधन के बाद उसके बिल्कुल उलट जी रही हूँ। अंदर कहीं एक डर-सा समा गया है कि कल मेरे साथ कोई अनहोनी न हो जाय। यहाँ देहरादून आकर, इन चाचा-चाची के दुलार के बीच भी कभी-कभी मैं बहुत डर जाती हूँ, बहुत अकेला महसूस करने लगती हूँ। ममी ने तो, बची हुई जायदाद को बचाने का बहाना बनाकर दूसरी शादी कर ली। और जिस व्यक्ति से उन्होंने शादी की, मुझे उससे सख्त नफरत है। शहर का कुख्यात बदमाश है वह। मम्मी ने न जाने उसमें क्या देखा? कभी-कभी जिंदगी में इतना अप्रत्याशित घर कर जाता है कि उसके लिए तर्क नहीं दिए जा सकते। क्या मम्मी और मैं मिल कर सादगी के साथ एक सामान्य जिंदगी नहीं जी सकते थे? लेकिन यह नहीं होना था। इसीलिए मैं तिरची को छोड़कर यहाँ आ गयी हूँ। इस साल मेरा लॉ पूरा हो जाएगा। आगे देखूंगी, क्या करना है।'

फिर शुभम् के निधन के बाद उसका एक संवेदना पत्र आया था। अंत में लिखा था—तुम बहादुर लड़की हो पल्ली। इस आघात को तुम सह ले जाओगी, मुझे विश्वास है। ईश्वर तुम्हें शक्ति दे।

उसके छोटे-बड़े पत्र आते रहते थे। फिर वह देहरादून से दिल्ली आ गयी। वहाँ उसने एल. एल. एम. किया और तीस हजारी कोर्ट में प्रेक्टिस करने लगी। और फिर वर्षों बाद उसका पत्र आया—पल्ली, तुम्हें आश्चर्य तो होगा, मैंने अपने बॉस से शादी कर ली है। मुझसे 20-25 साल बड़े हैं वे। यह शादी कोई रोमांस का परिणाम नहीं है। बस, बढ़ती उम्र के बाद कम्पनी की जरूरत महसूस होने लगती है। इसीलिए, एक दाँव खेल गयी। देखो, इसका क्या अंजाम निकलता है। हम दोनों क्रिमिनल लॉयर हैं।'

राज्यश्री की शादी पर मैंने शर्मिला को भी निमंत्रण पत्र भेजा था। एक औपचारिक पत्र। लेकिन वह आई। और आकर खूब रोई। खूब मिली और हमने दुख-सुखों की खूब बातें की। कह देने से दुख कम हो जाता है। हमने भी अपने को हल्का महसूस किया। तीन दिन ठहर कर वह वापस चली गयी। चार साल हो गए हैं, उसका कोई पत्र नहीं

आया। एकायक उसने पत्र लिखना क्यों बंद कर दिया, मैं समझ नहीं पाई। मैंने उसे शुरू-शुरू में एक-दो पत्र भेजे लेकिन उनका कोई उत्तर नहीं आया। धीरे-धीरे शर्मिला मेरे अवचेतन में चली गयी और चेतन में रह गयी मेरी अपनी जिंदगी और अपने घर-परिवार की समस्याएं।

टेलिफोन की घंटी बजी है। मैं एलबम बंद करके फोन उठा लेती हूँ...।

16

यत्र नार्यस्तु पूजयन्ते, रमन्ते तत्र देवता

हमारे प्राचीन ग्रंथों में कितनी अच्छी-अच्छी बातें लिखी गयी हैं। काश, उन बातों को व्यवहार में भी लाया जाता।

ऋषियों ने कहा—जहाँ नारी की पूजा होती है, वहाँ देवता निवास करते हैं। ठीक ही कहा है। ऐसा कहते हुए उनकी दृष्टि में नारी का मातृत्व प्रमुख रहा होगा। लेकिन जो नारी अपनी संतान की बात-बात पर उपेक्षा करती हो, उस पर बार-बार उसको जन्म देने, पालने-पोसने, पढ़ाने-लिखाने का अहसान जताती हो, जो समय-समय पर अपनी औलाद पर ताने कसती हो और इस तरह मातृत्व की उदात्त भावना से शून्य हो गयी हो और जो अपनी संतान के सामने अपने छोटे-छोटे स्वार्थों तक को महत्वपूर्ण मानती हो, क्या ऐसी नारी उस उपेक्षित संतान के लिए पूज्य हो सकती है।

कॉलेज से लौट रही थी कि एक बूढ़ी औरत को बस स्टॉप पर देखा। वह बस पकड़ने के लिए चढ़ ही रही थी कि कंडक्टर ने घंटी मार दी। बेचारी बूढ़ी किसी तरह गिरते-गिरते बची। बुड़बुड़ाती, हाँफती वह मेरे पास आकर खड़ी हो गयी। अपनी सीट से उठकर मैं बोली—माँ जी, यहाँ बैठ जाओ।' कराहती हुई बैठते हुए वह मुझे दुआएँ देने लगीं। तभी मेरी माँ मेरी आँखों के सामने आकर खड़ी हो गयी। उसका कई साल पहले निधन हो चुका था। कभी वह मेरे विचारों, मेरे सपनों में नहीं आई। ठीक है, अंतिम समय तक मैं उसकी सेवा सुश्रुषा करती रही। अपने अंतिम दिनों में बहुत लाचार हो गयी थी वह। बाद के दिनों में कोमा में चली गयी थी। मैं कर्त्तव्य भावना से उसकी हर बात का ध्यान देती रही। बीच-बीच में कई कटुस्मृतियाँ भी दिमाग में घूम जाती रहीं। लेकिन मैं अपना सर झिटक कर उन स्मृतियों को दूर करने का प्रयत्न करती रहती।

शुभम् के निधन के बाद जब मैं किराए का फ्लैट छोड़कर माँ के पास नए फ्लैट में रहने आई तो हर दिन वह पड़ोसियों से और घर आने वालों से मेरा दुर्भाग्य का रोना रोती। उस समय मैं यह याद किए बिना नहीं रह पाती थी कि इसी माँ ने शुभम् के साथ विवाह करने के लिए मुझे अभिशाप दिया था। अब इतना दुख मनाने का दिखावा क्यों? वह लोगों से कहती फिरती थी कि मेरी पत्नी बड़ी अभागी है। भर जवानी में विधवा

हो गयी। अब दो छोटे-छोटे बच्चों को लेकर जीने में कितनी मुश्किल होगी। इसीलिए उसे अपने घर ले आई हूँ। अपने इस फ्लैट का 'नॉमिनेशन' भी मैंने उसी के नाम कर दिया।' मुझ पर दूसरों के सामने इतनी दया दिखलाने वाली माँ ने कभी मेरे प्रति संवेदना के दो बोल नहीं बोले। फ्लैट के लिए शुरू में उसके द्वारा दिए गए दस हजार रु. के अलावा उसने कभी इस पर एक पैसा खर्च नहीं किया। पहले बड़ी रकम और बाद में कर्ज के हफ्ते तथा मासिक शुल्क मैं ही भरती रही। लेकिन जब-तब मुझे छोटा बनाने के लिए वह यह कहना नहीं भूलती कि फ्लैट की मालिक वही है और मैं जैसे उसकी दया पर निर्भर हूँ।

माँ की मौत का समाचार पाकर बब्बो भी मद्रास से आ गयी थी। सब्बू और अप्पा तो यहीं थे ही। तेरहवीं के बाद हम तीनों बहिनें माँ की अलमारी खोल कर उसका सामान छांटने लगीं। सामान क्या था, कुछ कपड़े, कुछ सोने के जेवर और एक थैली जिसमें उसके एफ. डी. की रसीदें, पोस्ट ऑफिस का बचत खाता, बैंक की पास बुक, पेंशन के पेपर्स और कुछ रुपये तथा कुछ रेजगारी रखी थी। कौतूहलवश मैं उसके फिक्सड डिपोजिट की रसीदों को उलटने-पलटने लगी। किसी भी एफ. डी. पर 'नॉमिनी' में मेरा नाम नहीं था। सभी पर सब्बू का नाम था। बस, बहुत पहले लिए गए मद्रास की एक कंपनी के पांच हजार के फिक्स्ड डिपोजिट पर बब्बो का नाम था। मैंने चुपचाप उन कागजों को थैली में रख दिया। बाद में दोनों बहिनों ने भी थैली को टटोला था। किसी ने मुझसे कुछ नहीं कहा। मैं भी किसी से कुछ नहीं बोली।

दूसरे दिन जब सब्बू अपने घर चली गई तो बब्बो मुझसे बोली—पल्ली, माँ तेरे नाम पर एक पैसा भी नहीं छोड़ गयी है....।'

—तो मैं क्या करूँ....। मुझे किसी के पैसे की जरूरत भी नहीं है।'

—जरूरत होने, न होने का सवाल नहीं है। वह हम तीनों की मां थी। उसके लिए हम तीनों बराबर थीं।'

—ऐसा हम समझते हैं बब्बो। उसने ऐसा नहीं समझा तो हम क्या कर सकते हैं।' मैं धीरे-से बोली थी।

—इस फ्लैट की नॉमिनेशन तो तेरे नाम पर है न।' बब्बो ने पूछ लिया।

—कहती तो वह ऐसा ही थी?'

—तूने कभी सोसाइटी के ऑफिस में जाकर पूछा नहीं।'

—उसकी जरूरत ही नहीं समझी।'

—कुछ तो प्रेक्टिकल बनना चाहिए तुझे। चल, शाम को नीचे जाते हैं। सोसाइटी के सेक्रेट्री से मिलकर आते हैं। वैसे भी अब नाम तो बदलना ही पड़ेगा।'

उस शाम को तो नहीं, तीन-चार दिन बाद हम दोनों सेक्रेट्री के पास गए। सेक्रेटरी ने हमें बताया कि नॉमिनेशन पहले डॉ. पलक के ही नाम पर था लेकिन तीन महीने पहले उन्होंने इस फ्लैट की रकम को तीनों बहिनों में बराबर बाँट देने की बात लिख

कर दी है।

मैं अवाक् रह गयी। बब्बो खामोश थी। हम दोनों बहिनें टहलने के बहाने सोसाइटी के बाहर बने एक पार्क में जाकर बैठ गयीं।

—अब क्या करूँ, बब्बो।....मेरे पास इतना पैसा भी नही है कि दोनों बहिनों के शेयर की रकम दे सकूँ। और अब इस महंगाई में नया फ्लैट लेना आसान है क्या....।'

बब्बो काफी देर तक गुमसुम रही। सोचती रही। फिर एकायक बोली—'पल्ली, मैं जानती हूँ, इस फ्लैट में सारा पैसा तेरा ही लगा है। सब कुछ जानते हुए भी अम्मा ने ऐसा क्यों किया।'

—पता नहीं बब्बो, उसने हमेशा मेरे साथ ऐसा ही किया है। एक बार जब राज्यश्री दो-ढाई साल की थी, बहुत बीमार हो गयी थी। मैंने उसे वाडिया में दाखिल करवा कर प्राइवेट रूम ले लिया था। रात-दिन मैं उसी के साथ रहती थी।....उसे देखने न सब्बू आई, न अम्मा। कोई नहीं आया। बस, कॉलेज की कुछ सहेलियाँ आती रहीं। लेकिन एक दिन सवेरे-सवेरे अम्मा वहाँ आ धमकी। मुझे आश्चर्य भी हुआ और थोड़ी राहत भी मिली। राज्यश्री के स्वास्थ्य के बारे में एक-दो वाक्य पूछकर वह बोली—पल्ली, सात तारीख आ रही है। सोसाइटी वालों को मैंटीनेंस का चैक देना है। तू मुझे एक चैक काट दे।' बब्बो, सच कहती हूँ, उस दिन मैं अपने भाग्य को कोसती रही कि आखिर मैं पैदा ही क्यों हुई। और हुई भी तो इस माँ की कोख से क्यों हुई....। क्या सभी माँएं पूजनीय होती हैं?' मेरी आँखें भर आई थीं।

बब्बो ने मेरी पीठ पर हाथ रख कर मुझे आश्वस्त किया और पल्लू से मेरे आँसू पोंछ दिए।—रो मत।' वह सिर्फ इतना ही कह पाई।

उसी रात बब्बो ने एक मसौदा तैयार किया कि हम दोनों बहिनों को माँ के नाम का फ्लैट अपनी बहिन डॉ. पलक के नाम करने में कोई आपत्ति नहीं है। अब भविष्य में डॉ. पलक शिवशंकरनू ही इस फ्लैट की एकमात्र मालिक होंगी।

मसौदे के नीचे बब्बू और सब्बू के नाम लिखे थे। बब्बो ने अपने नाम के ऊपर अपने हस्ताक्षर कर दिये थे।

सब्बू के बारे में निश्चय के साथ कुछ नहीं कहा जा सकता था। वैसे उसे पता था कि अम्मा ने फ्लैट का नॉमिनेशन मेरे नाम पर किया है। लेकिन बाद में अम्मा ने सोसाइटी को जो पत्र दिया था कि फ्लैट की रकम तीनों बहिनों में बाँटी जाय—शायद इसकी जानकारी सब्बू को न हो—इसी उम्मीद पर बब्बो ने यह मसौदा तैयार किया था और अगले दिन सब्बू को खाने पर घर बुला लिया था।

भोजन के बाद बब्बो ने यह मसौदा सब्बू के हाथ में थमा कर उससे उस पर दस्तखत करने को कहा। सब्बू ने उसे दो-तीन बार पढ़ा। नीचे बब्बो के हस्ताक्षर देखे और अनमने भाव से अपने नाम के ऊपर साइन कर दिए। लेकिन वह यह कहना नहीं भूली—माँ ने मुझे बताया था कि उसने फ्लैट तीनों बहिनों के नाम पर कर

दिया है। खैर, चलो....।'

जिस टोन में और जिस मुद्रा में सब्बू ने यह बात कही, उससे मेरे तन-बदन में आग लग गयी थी। पहली बार—हाँ पहली बार मैंने अपनी आवाज ऊँची करके सब्बू से कहा था—'तू इस पेपर पर साइन करके मुझ पर कोई अहसान नहीं कर रही सब्बू। माँ के सारे एफ. डीज और सारे जेवर तूने बेशर्मी के साथ कब्जा लिए। हमने तो तुझसे कुछ नहीं कहा। और यह फ्लैट जिस पर तू अपना भी हक जता रही है, मेरी और सिर्फ मेरी कमाई से खरीदा गया है। इसके पेमेंट की एक-एक रसीद मेरे पास है। और इसका एक-एक पैसा मेरे बैंक से दिया गया है। बेशर्मी और स्वार्थ को भी एक सीमा तक ही सहन किया जाता है। पैसे के लिए तूने तो अपना आपा ही खो दिया।'

सब्बू मेरे इस तरह के आक्रोश की अभ्यस्त नहीं थी। वह रोने लगी। रोते-रोते बोली—मुझे यह सुनाने के लिए यहाँ बुलाया था। अब मैं इस घर में कभी कदम नहीं रखूँगी।' और वह रोते-रोते उठ खड़ी हुई थी।

बब्बो ने उसे लाख रोकना चाहा। लेकिन वह नहीं रुकी और एक झटके के साथ कमरे से बाहर निकल गयी।

दूसरे दिन मैंने बहिनों का वह हस्ताक्षर किया हुआ कागज सोसाइटी के दफ़्तर में जमा करवा दिया था। कोई डेढ़ महीने बाद फ्लैट मेरे नाम पर कर दिया गया।

आज सोचती हूँ, मैंने कब-कब, क्या-क्या नहीं सहा। पूरी जिंदगी सहते-सहते ही बीत गयी। जब से मुंबई में आई, सहते रहना ही मेरी नियति बन गयी। कभी माँ की दुत्कारें और व्यंग्य सहे। कभी पिता की असमर्थता सही और कभी बहन की स्वार्थपरता। शुभम् के निधन में अपने दुर्भाग्य को सहा और बच्चों के पोषण में अपने अकेलेपन को। ऐसे उदास क्षणों में वे दिन भी याद आते हैं जब कॉलेज के प्रिंसिपल से लेकर बिल्डिंग के आवारा लोगों तक ने मेरे अकेलेपन का फायदा उठाना चाहा। वह तो शायद, तकदीर अच्छी थी जो देवांगी दी का स्नेह मिल गया और उनका सौहार्द भी। नहीं तो मेरी जिंदगी किन अंधेरे रास्तों में गुम हो जाती, मैं नहीं जानती। यह सही है कि हजारों-हजार औरतें ऐसी हैं जिन्होंने मुझसे कहीं ज्यादा पीड़ा भोगी है और भोगते-भोगते गुमनाम हो गयी हैं। लेकिन समय-समय पर जो मानसिक पीड़ा मैंने भोगी है, अपने ही लोगों से जिस प्रकार मैं उपेक्षित हुई हूँ, ढलती साँझ के झुटपुटे में अपनी असहायता और अकेलेपन को लेकर जितना और जैसे मैं रोई हूँ, वह कम नहीं है। कैसा अजीब लगता है उस वक्त जब आप बाहर अपने दृढ़ होने या हंसने-हंसाने का स्वांग कर रहे हों और भीतर आपके प्राण टप-टप आंसू टपका रहे हों। मुझे यह स्थिति खूब जीनी पड़ी है लेकिन बाद के वर्षों में ऐसे क्षणों के बीच मुझे देवांगी दी की बातें याद करके बड़ी राहत मिलती रही है। एक बार उन्होंने कहा था कि अपने दुख और अपनी असहायता के क्षणों में आँखें बंद करके उन लोगों के बारे में सोचो जो तुमसे कहीं ज्यादा दुखी हैं, असहाय हैं और भाग्य की मार के मारे हैं। उन लोगों के बारे में सोचो जिनके जीवन में कहीं कोई रोशनी नहीं है, जो

अँधेरे में पैदा हुए और अंधेरे में ही मिट जाने के लिए अभिशप्त हैं, जिनके लिए जीवन और मरण सब एक जैसा है। तब उन्हें सोचकर तुम्हें लगेगा कि तुम्हारे दुःख और तुम्हारी समस्यायें कितनी छोटी हैं और तुम उन्हें कितना बढ़ा-चढ़ाकर सोच रही हो।'

उन्होंने एक बार यह भी कहा था कि दूसरों के दुखों और समस्याओं में सहभागी बनो और इस तरह अपने सोच का विस्तार करो तो उससे तुम्हें जो संतोष और सुख मिलेगा, वह तुम्हारे दुखों को, तुम्हारी समस्याओं को पिघला देगा और तुम अपने में बहुत हल्का और अच्छा महसूस करोगी।' सच, देवांगी दी ने मुझे जीने की कितनी प्रेरणा दी, मुझे नया कर्त्तव्य-क्षेत्र दिया और इस तरह मेरी जिजीविषा को जिलाए रखा....।

लेकिन मुझे आश्वस्ति देनेवाली उन्होंने भी तो कम नहीं सहा। अगली बार जब उनसे भेंट हुई तो अपनी व्यथा-कथा को आगे बढ़ाते हुए उन्होंने बताया था—अशोक की उच्छृंखलता से सूरजभान जी बिल्कुल टूट गए थे। मुझे लेकर उनमें एक अपराध भाव घर कर गया था। उस अमरीकी लड़की से तो उन्होंने अशोक को किसी प्रकार मुक्ति दिला दी लेकिन उसे क्षमा नहीं किया। इधर जब मेरे पापा के कानों में इस सब की भनक पड़ी तो वे इस आघात को सह नहीं सके और हृदयाघात के एक ही झटके में चल बसे। उन्हें मुझसे बड़ी उम्मीदें थी लेकिन सब कुछ नाउम्मीदी में बदल गया। कैसे सह सकते थे वे कि लाड़-प्यार में पाली गयी एकमात्र संतान पर इस प्रकार का वज्रपात हो। वे मेरे लिए इतने कोमल-हृदय और संवेदनशील थे कि उन्होंने कभी मुझे माँ के न होने का अहसास ही नहीं होने दिया।'

देवांगी दी टूट-टूटकर बतलाती रहीं कि सूरजभान जी ऊपर से जितने शांत और कम बोलनेवाले व्यक्ति थे, भीतर से उतने ही दृढ़ और कठोर थे। कुछ दिन बाद एक शाम को उन्होंने अशोक को बुलाया और मुझे भी। वह शाम मुझे आज तक नहीं भूलती....। वे अशोक से बोले—अशोक, मैं तुम्हें डिसओन करता हूँ। मैंने सारी कार्रवाही पूरी कर ली है। कल सुबह पेपर्स में भी यह विज्ञापन छप जाएगा।'

अशोक हतप्रभ। एक पिता जिसने उसकी हर जिद पूरी की; जिसने उसकी उच्छृंखलता की कीमत अमरीकी लड़की को लाखों रुपये देकर चुकाई—वह अन्ततः उसके लिए ऐसा कठोर अप्रत्याशित निर्णय ले लेगा, उसने सोचा भी नहीं था।

सूरजभान जी आगे बोले—'तुम कल सबेरे तक कोठी से निकल जाओ। और कभी इसके आसपास दिखाई मत देना। कल के बाद अगर तुमने देवांगी से मिलने या उसे किसी प्रकार परेशान करने की कोशिश की तो सालों तक जेल में सड़ते रहोगे। मैं कहे देता हूँ।' कुछ रुक कर वे बोले—अब तुम मेरे सामने से जा सकते हो।'

'मेरी आँखों से आँसू बहने लगे थे। अशोक कुछ देर तक वहीं हक्का-बक्का-सा खड़ा रहा फिर धीरे-धीरे अपने कमरे की तरफ बढ़ गया।

—'सूरजभान जी कुछ देर तक सर झुकाए बैठे रहे। फिर मेरी तरफ देखकर बोले—'रो मत बेटे। यह मेरा प्रायश्चित है। इसके अलावा कोई दूसरा रास्ता नहीं था।

मेरे कारण तुझ पर अन्याय हुआ। तुझे इतना सहना पड़ा। और तो और तुझे अपने पापा को भी खोना पड़ा। मैं आत्महत्या में विश्वास नहीं करता अन्यथा मुझे तो इतना सब देखकर मर ही जाना चाहिए था। लेकिन नहीं। इंसान को जीवन लेने का अधिकार नहीं है। न अपना, न दूसरों का। इसीलिए मेरे पास और कोई दूसरा रास्ता नहीं रह गया था।....मैंने इस हालातों में जो ठीक समझा, वही किया—अपनी अंतरात्मा की आवाज पर किया। बेटा गया तो क्या हुआ, उसके बदले बेटी तो मिल गयी। और बेटी मिली भी तो ऐसी जिस पर कोई भी पिता गर्व कर सकता है। आज से यह सब तेरा है.....सिर्फ तेरा....।

'तब मैं फफक-फफक कर रो पड़ी थी। बाबूजी....।' मैं तब इतना ही कह पायी थी।

'वे मेरी पीठ पर हाथ फेरते हुए बोले थे—रोया नहीं करते बेटे। हिम्मत से काम ले। मुझे देख। क्या मेरा सदमा तेरे सदमे से कम है। लेकिन मैंने तो सब स्वीकार कर लिया है। तू संस्कारवाली लड़की है, इसीलिए रो रही है....। लेकिन नहीं, रोना नहीं है। हिम्मत से काम ले। तू कोई ऐसी-वैसी लड़की नहीं है। तेरे दुख का अंदाजा मैं लगा सकता हूँ। लेकिन जो सामने है, उससे तो जूझना ही पड़ता है न। और जूझने के लिए हिम्मत जरूरी है....अपने दुखों को दूसरों के दुखों के सामने रख कर देख। इस दुनिया में कैसे-कैसे दुखी हैं, उनके सामने, तू देखेगी, तेरा दुख कुछ भी नहीं है। उन अभागों के जीवन में थोड़ा-सा सुख लाने की कोशिश कर। तू पायेगी, तेरा दुःख सुख में बदल गया है....। समझी न....।'

मैंने अपने आँसू अपने पोंछ लिए थे। उस दिन से जिंदगी बदल गयी। जिंदगी और दुनिया को देखने का दृष्टिकोण बदल गया। मैं धीरे-धीरे एकदम शांत हो गयी। फिर 'सहयोग' संस्था शुरू की... और अब जब यह इतनी बड़ी हो गयी है तो इसे तुझको सौंप रही हूँ....। मैंने तुझसे कोई नयी बात नहीं कही। जो बाबू जी से सीखा, उसे ही तुझे सिखाने की कोशिश की है। क्योंकि मैं मानती हूँ, जिंदगी को इज्जत, गरिमा और आश्वस्ति के साथ जीने का यही एक रास्ता है....। अपने से ज्यादा दुखियों के दुखों को कम करने की कोशिश....।' कहते-कहते दीदी खामोश हो गयी थीं। मैंने लक्ष्य किया, उनकी आँखें भर आई थीं।

आज न बाबू जी हैं, न देवांगी दी। लेकिन महसूस होता है कि वे दोनों मेरे आस-पास ही कहीं हैं। मुझे अपनी राह पर बढ़ता देखते हुए। और तब मुझे ऐसा लगता है कि उनके आशीर्वादों की फुहार से मेरे मन-प्राण भीग रहे हैं और मेरे चारों ओर उनकी सदेच्छाओं का प्रकाश बिखर रहा है।

17

मैं अभी तक उस हादसे से नहीं उबर पाई हूँ। जब भी यह घटना याद आती है, मैं पसीना-पसीना हो जाती हूँ। लेकिन उस रात को पता नहीं, कहाँ से मुझमें इतनी हिम्मत आ गयी थी। मुझे खुद हैरत होती है।

कोई महीना भर हुआ होगा, मैं रात को ट्रेन से घर लौट रही थी। जैसे ही मैं डिब्बे से उतरी, मुझे कुछ गुण्डों ने घेर लिया। उनमें से एक बोला—हाँ, हाँ यही है....।'

मैं कुछ समझ पाती, इससे पहले ही एक गुण्डे ने मेरे चेहरे पर जोर का एक घूंसा जमा दिया। एक क्षण के लिए जैसे पूरा स्टेशन मेरे सामने घूम गया और मैं पछाड़ खाकर पास के टी-स्टाल पर गिर पड़ी। तभी उन लोगों ने लात-घूंसे जमा कर मुझे लगभग अधमरा ही कर दिया। अब तक वहाँ काफी भीड़ इकट्ठा हो चुकी थी। लेकिन वह चुपचाप खड़ी तमाशा देख रही थी। उन लोगों के लात-घूंसे और गालियां जारी थीं।

तभी मुझे एक आवाज सुनाई दी—टीटू, डाल साली के चेहरे पर एसिड। इसे भी तो पता लगे कि एसिड डालने का क्या मतलब होता है।'

एसिड का नाम सुनकर मैं जैसे बेहोश होते-होते होश में आ गयी। जहाँ पर मैं गिर पड़ी थी, वहीं दुकान के बाहर सॉफ्ट ड्रिंक्स की खाली बोतलों की क्रेट रखी थी। न जाने कौन-सी दैवी शक्ति मुझ में प्रवेश कर गयी थी कि मैंने क्रेट से एक बोतल निकाली और मुझ पर झुके हुए गुण्डे के सर पर दे मारी। वह चिल्लाता हुआ पीछे हट गया। बोतल टूट गयी थी। उस टूटी बोतल को मजबूती से पकड़ कर मैं खड़ी हो गयी और मैंने पास खड़े गुण्डे के चेहरे पर भरपूर वार कर दिया। उसके बाद क्या हुआ, मुझे नहीं मालूम। जब होश आया, मैंने पाया कि मैं एक नर्सिंग होम में पड़ी हूँ और पुलिस के पहरे में हूँ....। और मेरे सामने सब्बू और उसका पति बैठे हैं।

कुछ देर बाद वहाँ एक इंस्पेक्टर आया। उसे अपना परिचय देने लगी तो उसने मेरा हाथ पकड़ लिया—मैं आपको जानता हूँ मैडम। आप डॉ. पलक हैं न। मैं डी. एन. फड़के। आपका स्टुडेंट रह चुका हूँ।'

मैं थोड़ा आश्वस्त होती हूँ और अपने बयान में, पूरी घटना सिलसिलेवार बता देती हूँ।

—क्या आप को किसी पर शक है मैडम।' उसने पूछा।

—नहीं, मुझे किसी पर कोई शक नहीं है।'

—आप को कभी किसी ने थ्रेट दी।'

मैं याद करने लगी....सहसा मुझे फातिमा की घटना याद हो आई और यह भी कि उसकी जमानत करवाने के लिए कुछ दिनों तक मेरे पास धमकी भरे फोन आते रहे थे।

तभी मेरे मन में एक शंका और उठी। कलक्टर की जमीन, जो 'सहयोग' को स्कूल बनाने के लिए दी गयी थी, वहाँ कुछ असामाजिक तत्वों ने कुछ झोपड़ियाँ बना ली थीं। उनमें कच्ची शराब बनाने और वेश्यावृत्ति का धंधा चलता था। पास ही पुलिस चौकी थी। लेकिन पुलिस इन कारनामों से, जैसा कि होता रहा है, अपनी आँखें बंद किए रही। मैंने इस बात को भी फड़के को बतला दिया।

फड़के ने मुझे बतलाया, जिस गुंडे पर मैंने बोतल से वार किया था उसकी शिनाख्त कर ली गयी है। लेकिन फिलहाल वह जिंदगी और मौत से लड़ रहा है। इसलिए अभी इससे पूछताछ नहीं हो पाई है। वह भी पास के वार्ड में पड़ा है।

समय भी इंसान को कहाँ से कहाँ फेंक देता है। सोच कर कभी हंसी आती है, कभी-चारों तरफ पूरा अवसाद घिर आता है। कहाँ मैं जीव-शास्त्र की टीचर और कहाँ इन गुंडों से भिड़न्त। पुलिस के चक्कर। पूछताछ। लेकिन अब इन सब की आदत पड़ गयी है। ज्यादा कुछ नहीं लगता। जिंदगी में कितने ही अनुभवों से गुजरना होता है। कभी गुंडों का सामना करना पड़ता है, कभी देवांगी दी जैसी महिलाओं के सत्संग से अपने होने की सार्थकता महसूस होती है तो कभी अपने ही लोगों का व्यवहार काट खाने को आता है। मेरे अवचेतन में माँ और सब्बू का व्यवहार और उनकी मुद्राएँ इतनी गहरी पैठ गयी हैं कि कभी-कभी आश्चर्य होता है कि इन सबके साथ, इतने सालों तक मैं कैसे निभा ले गयी। कभी-कभी अम्मा पर तरस भी आता है। खास तौर से उसकी मौत के बाद से।

बहुत बुरी मौत मरी वह। पहले बाथरूम में गिर कर उस ने अपने कूल्हे की हड्डी तोड़ ली। महीनों खाट पर पड़ी रही। पूरी पीठ पर छाले उभर आए। इतने गहरे कि उनसे पीप टपकने लगा। तब ज्यादातर मौसी ही उसकी देखभाल करती। इस बीमारी से अम्मा कुछ उबरी तो सिर में तेज़ दर्द रहने लगा। ब्रेन का स्क्रीनिंग कराया तो पता लगा कि दायीं ओर एक बड़ा ट्यूमर है। अब इतनी उम्र में आप्रेशन भी नहीं हो सकता था। धीरे-धीरे उसकी हालत बिगड़ती गयी। और एक दिन वह कोमा में चली गयी। मैंने और मौसी ने बहुत सेवा की उसकी। सब्बू अपनी सुविधा से उन्हें देखने घंटे-दो घंटे के लिए आ जाती और फिर किसी न किसी बहाने अपने घर लौट जाती। मैं उन दिनों अस्पताल, घर और कॉलेज के बीच चक्री की तरह घूमती रहती। कभी-कभी अम्मा आंखें खोलती तो कुछ बुदबुदाती। शेयर, पेंशन, स्कूल, बैंक, पासबुक जैसे शब्दों को बोलने की कोशिश करती लेकिन वे इतने अस्पष्ट होते कि हम केवल कयास ही लगा पाते....। और फिर एक रात सोते-सोते उसने इस दुनिया से विदा ले ली। हमें सुबह को ही पता लगा। हाँ,

एक बात जरूर अच्छी हुई। उसने अपने जीते जी अपनी देह अस्पताल को देने की बात लिख दी थी। मैंने अस्पताल फोन किया और घंटे भर में एंबुलेंस हमारी बिल्डिंग के नीचे आकर खड़ी हो गयी। सब्बू का पति बिल्डिंग के दो-चार लोगों को लेकर उसकी लाश जे. जे. अस्पताल में छोड़ आया। माँ जीते जी तो किसी के काम नहीं आई लेकिन मरने के बाद उसने अपने होने की सार्थकता सिद्ध कर दी।

बिल्कुल इसके विपरीत देवांगी दी की मृत्यु हुई। उनके चेहरे पर शांति की एक अपूर्व आभा थी। बंद आंखों और अपने पतले होंठों से जैसे वे मुस्करा रही थीं और अपार संतुष्टि के साथ दूसरे लोक की यात्रा पर जा रही थी। उनकी मृत्यु पर उनके बंगले के सामने गांधीनगर के हजारों झोपड़पट्टी वालों का हुजूम इकट्ठा हो गया था। उदास बूढ़े, कलपती औरतें, नारे लगाते युवा और गुमसुम बच्चे। तब 'देवांगी दी–अमर रहें' के नारों से आसपास का वातावरण गूंज उठा था। फूलों से आधे भरे ट्रक में उनके शव को रखा गया। फिर उसे फूलों से, फूल मालाओं से ढक दिया गया। पचासों महिलाएँ ट्रक में उनके शव में आसपास बैठ गयीं। हजारों लोग–बच्चे, बूढ़े भी–जो गरीब तबके थे, और जिनके लिए दीदी ने अपना सुख-चैन होम कर दिया था, ट्रक के पीछे-पीछे उनकी जयजयकार करते हुए चल रहे थे। उनकी शवयात्रा में आसपास के संभ्रांत लोगों की भी कमी नहीं थी। देवांगी दी ने जीवन जीया नहीं था। बल्कि उसे रचा था। जिंदगी तो सभी जीते हैं, लेकिन उसे रचता कोई बिरला ही है। जीवन को रचा जाना ही उसे सार्थक बनाता है। गरीब, साधनहीन, छोटे और खोटे कहे जानेवाले लोगों को निःस्वार्थ भाव से अपना स्नेह, अपना सहयोग और अपनी संवेदना देकर उन्होंने अपना जीवन रच लिया था, इसका प्रमाण जैसे उनकी शव-यात्रा ने दे दिया।

देवांगी दी का शवदाह चंदन की लकड़ियों की चिता में किया गया। आसपास के पवन में सुगंध व्याप्त गयी। चिता के राख होने तक लोगों का यह हुजूम वहाँ खड़ा रहा। बाद में दूसरे दिन उनके फूल बटोरने के लिए भी बीसियों लोग आए। गाँधीनगर में उनकी आत्मा की शांति के लिए सबने एक दिन का उपवास किया। फिर कुछ बूढ़े और युवक उनके फूलों को नासिक ले गए और उनको गोदावरी में प्रवाहित कर दिया गया। कुछ फूल बचा कर रखे गए और कुछ दिन बाद 'सहयोग' के कार्यालय के सामने बनाई गयी उनकी समाधि की नींव में डाल दिए गए। समाधि पर पहली पूजा मेरी अगुवाई में कराई गयी। एक तरह से कह दिया गया कि अब मुझे ही उनका कार्य हाथ में लेना है। उस दिन वहाँ सब लोगों ने मिलकर संकल्प किया।

अम्मा की मौत पर अप्पा भी आए थे। लेकिन वे एक कोने पर गुमसुम बैठे रहे। बब्बो भी मद्रास से आ गयी थी। वह ज्यादा समय अप्पा के पास ही बैठी रही थी। उनसे बतियाती रही थी। लेकिन अप्पा चुप थे। वे किसी से कुछ नहीं बोले थे। मुझ से भी नहीं। बस, एक गहरी उदासी उनके चेहरे पर गड़ गयी थी। तब एक दिन बब्बो ने उनसे कहा था–अप्पा अब तुम यहाँ पल्ली के पास आ जाओ।....इस उम्र में अकेले कैसे रहा जाएगा।'

तब वे धीरे से बोले थे—'मैं तो पैंतीस-चालीस सालों से अकेला ही रहता आया हूँ बब्बो। अब तो अकेले रहने की आदत हो गयी है।'

मैं भी पास ही खड़ी थी। बोली—अप्पा, अपने को इस तरह मारना अच्छा नहीं। बब्बो ठीक कहती है, अब मेरे पास यहाँ आकर रहो।'

—नहीं पल्ली, नहीं। यहाँ तेरी अम्मा की आत्मा मुझे चैन से नहीं रहने देगी। मैं वही अपनी खोली में ठीक हूँ....।'

—नहीं अप्पा, अब हम तुम्हें अकेले नहीं रहने देंगे। ठीक है, यहाँ नहीं रहना चाहते तो मेरे साथ मद्रास चलो। बच्चे अपने-अपने काम से लग गए हैं। अलग रहते हैं। तुम्हें कोई परेशानी नहीं होगी।'

हम दोनों बहिनों ने अप्पा को बहुत समझाया, एक तरह से जिद की कि उन्हें अब अकेले नहीं रहना है। अन्त में वे मद्रास जाने को राजी हो गए। हम दोनों बहिनों ने चैन की सांस ली।

18

अपने अंतिम समय में देवांगी दी की तबियत कुछ ज्यादा ही खराब होने लगी थी। डॉक्टर दर्द का इंजेक्शन देने आते थे। मैं भी दूसरे-तीसरे दिन उनके पास आ ही जाती थी। मेरे वहाँ होने से उन्हें लगता था कि उनकी तबियत सुधर रही है। वे ज्यादातर 'सहयोग' की बातें ही करती थीं। बतलाती थीं कि सूरजभान जी ने ही उन्हें 'सहयोग' की स्थापना का सुझाव दिया था।

उस दिन जब मैं उनके बंगले पर पहुँची तो वे कुछ ज्यादा स्वस्थ दीखीं।

—आज तो आप काफी अच्छी लग रही हैं।' मैंने पास की कुर्सी पर बैठते हुए कहा।

वे उदास हंसी हंसी। बोलीं—तुम्हें मालूम है पल्ली, बुझने से पहले दिए की रोशनी यकायक बढ़ जाती है।'

—ऐसा अशुभ क्यों बोलती हैं आप।'

—सच को सच की तरह लेना चाहिए पलक। आँखें मूँद लेने से आनेवाली आपदा नहीं टलती।' उन्होंने फिर मुस्कराने की कोशिश की।

—यह तो ठीक है। फिर भी....।'

—फिर भी क्या? खैर छोड़ो....।' कहकर वे ऊपर सीलिंग की ओर देखने लगीं; जैसे कुछ सोच रही हों। फिर धीरे-धीरे बोलने लगीं—उस दिन मैं तुम्हें अपनी कहानी सुना रही थी। अधूरी ही रह गयी।'

—तो अब पूरी कर दो न...।' मैंने मुस्कराते हुए कहा।

—अशोक को अपने घर और अपनी जिंदगी से निकालने के बाद बाबूजी अपने व्यवसाय में खो गए। उन्होंने अपने सर पर इतने काम ओढ़ लिए कि उन्हें कुछ दूसरा सोचने की फुरसत ही नहीं रही। मेरे साथ उनका अपनापा और भी ज्यादा बढ़ गया। तब मैं गर्भवती थी। खाने की मेज़ पर उन्होंने मुझसे कहा—'देवांगी, तुमसे एक बात कहना चाहता हूँ।'

—-क्या बात है बाबूजी।' मैंने उनकी तरफ देखा।

—बेटे, बात जरा 'डेलिकेट' है। कहते हुए संकोच हो रहा है।'

—बाबूजी, अपनी बेटी से कैसा संकोच। कहो न क्या बात है।'

कुछ देर वे चुप रहे, जैसे साहस बटोर रहे हों। फिर बोले—'बेटे, तुम अपना यह गर्भ गिरा दो।'

—क्या....।' मेरे हाथ का कौर हाथ में ही रह गया।

—ऐसा है पलक बेटे, मैं उस हरामजादे की कोई निशानी इस घर में नहीं देखना चाहता।' वे मेरी ओर देखने लगे थे।

—पापा, आपने उनको काफी बड़ी सजा दे दी है। उन्हें 'डिसओन' कर दिया है। सारी प्रॉपर्टी, सब कुछ से बेदखल कर दिया है उन्हें। इतना क्या कम है।'

—तुम बहुत भोली हो बेटे। वह बहुत चालाक है। कल जब मैं नहीं रहूँगा तब वह इसी संतान के बहाने तुम्हें तंग करेगा। तुम्हें कोर्ट में घसीट लेगा। तुम कहाँ तक लड़ोगी। अपने आप से तो तुम लड़ ही रही हो, लड़ना ही है; उस से भी लड़ोगी। मैंने तुम्हारी खुशी के लिए ही यह सब सोचा है।

—नहीं बाबूजी। जिसको मैं छह महीने से अपनी कोख में पाल रही हूँ, उस बेकसूर को मैं यों ही नष्ट कर दूँ। यह नहीं हो पायेगा मुझसे....नहीं हो पायेगा बाबूजी।' मैं रोने लगी थी।

बाबूजी चुप हो गए। एक गहरे सोच में खो गए थे वे।

मैं जड़वत् उन्हीं के पास बैठी सुबकती रही।

—ठीक है, अब मैं तुमसे कुछ नहीं कहूंगा।'

—आप मुझसे और कुछ भी करने को कहें, मैं एक शब्द बोले बिना आपका कहा करूंगी....।'

पापा धीरे-से उठे और बाथरूम की ओर बढ़ गए।

कहकर दीदी चुप हो गयीं।

देवांगी दी की जिंदगी का यह पन्ना सुनते हुए मुझे अपने वे दिन याद आ गए जब शुभम् मुझे मानसिक यातना के भँवर में अकेला छोड़कर चल बसे थे। तब मैं भी गर्भवती थी। चाहकर भी मैं अपना गर्भ नहीं गिरा पाई थी। मेरी दशा तो देवांगी दी से कहीं बुरी, कठिन और एकाकीपन से भरी थी। मैंने अपने वे अकेले दिन किस तरह बिताए और बाद में किस तरह दो-दो छोटे बच्चों को पाला-पोसा, इसे सोचकर आज भी रोंगटे खड़े हो जाते हैं।

—फिर?' मैंने आगे जानना चाहा।

—फिर बाबूजी की मर्जी के खिलाफ मैंने सुहास को जन्म दिया। जिस वक्त उसे अस्पताल से लेकर घर लौटी, बाबूजी अपने कमरे में आरामकुर्सी पर लेटे अखबार पढ़ रहे थे। मैं सुहास को लेकर उनके कमरे में गयी और डरते हुए बोली—बाबूजी....तुम्हारे नाती को ले आई हूँ।'

बाबूजी ने मेरी तरफ देखा। पता नहीं उनके चेहरे पर उदासी थी या शून्यता; कुछ कह नहीं सकती। वे उठकर कुर्सी पर ही बैठ गए। बोले—देवांगी बेटे, मैंने तुम्हारी जिद

मानी और अब तुम भी मेरी एक जिद मान लो। मान लिया, इस बच्चे का कोई कसूर नहीं है लेकिन है तो यह कसूर की पैदाइश ही। मैं तुम्हारे हाथ जोड़कर कहता हूँ कि इसे कभी मेरे सामने मत लाना....। इसमें मुझे उस कमीने अशोक का चेहरा दिखाई देगा। और इस बात को लेकर मुझसे कोई बहस मत करना।'

'मैं अवाक् थी। कोई व्यक्ति अपने खून का इतना तिरस्कार कर सकता है—मैंने सोचा भी नहीं था। मैं वहाँ ज्यादा देर खड़ी नहीं रह सकी और सुबकते हुए अपने कमरे में लौट आई।'

मैंने देखा, देवांगी दी की आँखें भर आयी थीं और उनका चेहरा पीला पड़ गया था।

मैं खामोश उनको देखती रही, कुछ बोली नहीं।

फिर कुछ हम दोनों के बीच एक उदास सन्नाटा छाया रहा।

—दी, मैंने सोचा भी नहीं था, कि आपने इतनी पीड़ा सही होगी।

दीदी एक फीकी हंसी हंसीं और सर झुकाए बोलीं—पल्ली, जो दीखता है, वह सच का एक अंश भर होता है। असली सच्चाई तो कहीं भीतर गहरे में ही छिपी रह जाती है।' कहते हुए उन्होंने मेरी ओर देखा।

मैं नहीं जानती कि उस समय मैं क्या सोच रही थी। पता नहीं, मैं दीदी की पीड़ा को सोच रही थी या उनके द्वन्द्वों से अपने संघर्षों की तुलना कर रही थी। लेकिन इतना अवश्य है कि तब मैं उनके प्रति अपार संवेदना और करुणा से भर उठी थी। सच, वह स्थिति भी कितनी अजीब होती है, जब हम अपने प्रति किसी संवेदनशील व्यक्ति के प्रति ही संवेदना और करुणा से भर उठते हैं। उसे अपने स्तर पर ले आते हैं।

—आपने भी कम नहीं सहा है दीदी। मैं समझती थी कि मैंने ही सहा है।'

—सब ऐसा ही सोचते हैं। तुमने कुछ नया नहीं सोचा। लेकिन जब इन्सान दूसरों के दुखों से दो-चार होता है, तब उसे पता लगता है कि अपने जिन दुखों को वह इतना बड़ा माने बैठा था, वे दरअसल कितने मामूली हैं।

मैं उनको देखती, उन्हें सुनती रही। उस दिन उनकी तबियत कुछ अच्छी थी। मैं बोली तुमने सुहास के बारे में कुछ नहीं बताया दीदी।'

सुनकर वे एकायक गंभीर हो गयी। बोलीं—मेरे लिए सुहास एक धर्म संकट बन गया। एक ओर इतने हठी स्वसुर और दूसरी ओर मेरा मातृत्व। कभी-कभी मुझे लगता, मैं दो पाटों के बीच पिसती जा रही हूँ। बाबूजी की ज़िद का सम्मान करते हुए मैंने एक और आया का इंजताम कर लिया था और बंगले के आउट हाउस में ही उसके रहने की व्यवस्था कर दी थी। वहीं सुहास का खाना-पीना, जगना-सोना, खेलना होता। आया शकुंतला ने उसे पूरी ममता से पाला...। मैं भी उससे मिलने वहीं जाती। बाबू जी के सामने वह न पड़े, इसकी हरचंद कोशिश करती।' कहकर वे एकायक चुप हो गयीं।

कुछ देर की चुप्पी के बाद वे बतलाने लगीं—सुहास तीन साल तक आउट हाउस

में ही शकुंतला के साथ रहा। तभी एकायक बाबूजी की तबियत बिगड़ने लगी। उनके सभी तरह के टैस्ट हुए लेकिन कहीं कुछ नहीं निकला। विदेशों में डाक्टरों को कांटैक्ट किया गया। उनकी बतलाई दवाइयां दी गयीं। फिर भी उनकी तबियत में कोई सुधार नहीं हुआ। एक दिन रात के भोजन के बाद उन्होंने मुझे अपने पास बुलाया और बोले—देवांगी, तुम्हारा बेटा किस पर गया है?' उनकी यह बात सुनकर मैं आश्चर्य चकित रह गयी। यकायक कुछ बोल नहीं पायी।

फिर वे धीरे से बोले—मैं उसे देखना चाहता हूं। अगर तुम्हें कोई एतराज न हो तो।' मुझे क्या एतराज हो सकता था। मैं दौड़ी हुई गयी और सुहास को आउट-हाउस से उठा लाई। वे कुछ देर तक उसके बालों को सहलाते रहे। उसे निहारते रहे। सुहास भी उनके पलंग पर चुपचाप बैठा उन को देखता रहा। फिर बोला—मम्मा, ये दादू हैं ना।'

—हाँ, बेटा।'

—तो फिर तुम मुझे इनके पास जाने को मना क्यों करती थीं।' एक क्षण के लिए तो मैं सहम गयी फिर बोली—'बेटे, तेरे दादू बीमार रहते हैं न। इसीलिए तुझे मना किया था।'

—अब भी बीमार हैं?' उसने पूछा।

—हाँ, बेटे, अब भी बीमार हूँ।' बाबूजी ने स्नेह से उसके गालों पर हाथ फेरते हुए कहा।

थोड़ा खुलने के बाद वह अपने दादू के बालों पर हाथ फेरने लगा। दादू ने अपनी आँखें बंद कर लीं। उनकी आँखों के कोर से पानी बहने लगा था।

फिर सुहास ने पास ही टेबल पर रखे फोन की तरफ देखा।

—'मैं डॉक्टर को बुलाता हूँ। वो दादू को ठीक कर देंगे।'

और बिना प्रतीक्षा किए उसने फोन के नम्बर घुमा दिए। दूसरी तरफ से शायद किसी महिला ने फोन उठाया था।

सुहास बोला—आंटी, आंटी, आपके कुत्ते ने हमारा बगीचा कुचल दिय है।'

आंटी ने शायद कुछ कहा होगा। सुहास बोला—अपने कुत्ते को बोलो—'वह आवाज न करे। हमारे दादू सो रहे हैं। वो बीमार हैं।' और उसने फट से फोन नीचे रख दिया और खिलखिला कर हंस पड़ा।

—बहुत शरारती हो गया है यह।' मैंने झेंपते हुए कहा।

—शरारत करते बच्चे ही अच्छे लगते हैं। अशोक भी बचपन में बहुत शरारती था।'

उस दिन कितने सालों के बाद बाबूजी के मुख से अशोक का नाम सुना। सुनकर बुरा नहीं लगा।

कुछ समय यों ही बीत गया। मैं सुहास को लेकर चलने लगी तो बाबूजी बोले—इसे यहीं अपने साथ सुला लो।' और उन्होंने अपना मुँह दूसरी ओर फेर लिया।

मैं अपने कमरे में चली आई। इस दिन के लिए मैं कितना तरस रही थी। मैं रात भर उसे अपनी छाती से चिपकाए रही और रोती रही।

सुबह जब बाबूजी को चाय देने गयी तो वे निस्पंद पड़े थे। मैंने उन्हें हिलाया-डुलाया लेकिन वहाँ कोई हरकत नहीं थी।

बाबूजी दुनिया छोड़ चुके थे।

19

आज लेक्चर के बाद कॉलेज में ही ठहर गयी हूँ।

'सहयोग' के कार्यकर्ताओं की एक मीटिंग लेनी है। ज्यादातर बच्चे तो अपने ही कॉलेज के ही हैं। 5-6 देवांगी दी के कॉलेज के हैं। दीदी के निधन के बाद संस्था का काम कुछ शिथिल पड़ गया था। अब मुझे ही इन बच्चों में सक्रियता लानी है। पिछले हफ्ते भर में कार्य की योजना बनाती रही हूँ। आज इसी योजना को इनके सामने रखना है। बड़े दिन की छुट्टियाँ शुरू होने को है। मैं सोचती हूँ, इन छुट्टियों में कुछ ठोस काम कर लिया जाय।

अपनी केबिन से निकल कर मैं स्टाफ रूम में आ जाती हूँ। स्टाफ रूम का वातावरण कितना बदल गया है। जब मैंने ज्वाइन किया था, 35-36 साल पहले, तब यहाँ कितनी व्यवस्था थी। मेजों पर राजनीति की गरमागरम बहसें होती थीं लेकिन कभी किसी में दुर्भावना नहीं देखी गयी। प्रोफेसर लोग पुस्तकें पढ़ते थे। सेमिनार में जाने की तैयारी करते थे। साथी अध्यापकों के बीच विचार-विमर्श होता था। सीनियर प्रोफेसर नए अध्यापकों से स्नेह करते थे, उनका उत्साह बढ़ाते थे। तब यह स्टाफ रूम स्वर्गिक लगता था। लेकिन अब....।

सामने इजी चेयर पर प्रो. रांगनेकर बैठे हैं पलथी मारे हुए। हथेली में तम्बाकू रगड़ रहे हैं। पास ही कोई पुरानी पत्रिका पड़ी है। गावस्कर सेंटर टेबल के पास बैठे 'टाइम्स' पर झुके पड़े हैं। पेज पर उनकी अंगुलियों की हरकत से मैं समझ जाती हूँ, आज के शेयरों का भाव देख रहे होंगे। कोने की कुर्सी पर राघवन बैठे ऊँघ रहे हैं हमेशा की तरह। कुलकर्णी शीशे के सामने खड़े अपने बाल संवार रहे हैं। और ये निगोसकर। इनके 'परवर्शन' का जवाब नहीं। हमेशा अखबार से चेहरा छिपाये रखते हैं और चोरी-चोरी लेडी प्रोफेसरों के चेहरों या उनकी खुली पिंडलियों पर निगाहें गड़ाए रखते हैं।

मैंने सेंटर टेबल पर पड़ा अखबार उठाया ही था कि प्रोफेसर दारूवाला लपकते हुए मेरे पास आ खड़े हुए। बोले—मिसेज पलक, आपसे एक जरूरी सलाह लेनी थी।'

—आप बैठिए न...।' मैंने थोड़ी औपचारिकता दिखलाई।

वे बैठ गए।

—कहिए, क्या बात है।'

प्रोफेसर दारूवाला बड़े वहमी और सनकी हैं, इस बात को पूरा कॉलेज जानता है। जरूर वे किसी वहम की ही बात करेंगे, मैंने सोचा।

—मैडम, कल मिसेज मारिया के हसबैंड मेरे घर आए थे।'

—मिसेज मारिया भी आई होंगी। वे तो आपके ही डिपार्टमेंट में हैं।'

—सुनिए तो, वे नहीं आईं। आपको मालूम नहीं, उन्हें टी. बी. हो गयी है। वे तो पिछले तीन हफ़्तों से नहीं आ रहीं।'

—हाँ, तो फिर....।'

—वे मिसेज मारिया की छुट्टी बढ़ाने की बाबत बात करने आए थे। मैं हेड ऑफ द डिपार्टमैंट हूँ न। इसीलिए उन्होंने मुझसे पूछना....।'

—इसमें कौन सी मुश्किल है।' मैंने कहा—'टी. बी. के पेशेन्ट्स को साल भर की स्पेशल छुट्टी मिल सकती है, विद पे।'

—वो तो ठीक है। लेकिन मैं दूसरी बात कह रहा था।' कहते हुए प्रोफेसर दारूवाला के माथे पर चिंता की रेखाएँ उभर आईं।

—आप इसमें इतने परेशान क्यों होते हैं। मिसेज मारिया से एप्लीकेशन देने को कह दो और उसे रिकमंड कर दो।'

—वो बात नहीं है मैडम। मेरी परेशानी कुछ दूसरी है।'

मैं उनका चेहरा देखने लगी।

—मैडम, ऐसी बातों में मैं आप से ही सलाह ले सकता हूँ।' प्रोफेसर दारूवाला रुक-रुक कर बोले।—बात यह है कि मिसेज दारूवाला टी. बी. की मरीज है। मिस्टर दारूवाला उनके साथ रहते हैं। वे कल मेरे घर आए। मेरी वाइफ बहुत सेंस्टिव है।'

—तो....।' मैं समझ नहीं पा रही थी कि आखिर दारूवाला क्या कहना चाहता है।

—कहीं ऐसा तो नहीं है मेरी बीबी भी इंफैक्टेड हो जाए। मुझे बड़ी चिंता हो रही है। आइ एम वैरी मच वरीड।'

मैंने बड़ी मुश्किल से अपनी हंसी को रोका। बोला—ऐसा नहीं होता प्रोफेसर। आपको या आपकी वाइफ को कुछ नहीं होगा।

—मेरी छोटी बच्ची भी तो है। कहते हैं कि बच्चों को जल्दी ही इंफैक्शन हो जाता है।'

—नहीं, उस को भी कुछ नहीं होगा। आप इस डर को दिमाग से निकाल दीजिए।'

—आप कहती हैं तो ऐसा ही करूँगा।'

तभी मैंने देखा, स्टॉफ रूम के दरवाजे पर खड़े बच्चे मेरा इन्तजार कर रहे हैं।

—अच्छा तो मैं चलूँ।' मैं उठ खड़ी हुई। और लड़कियों को लेकर कॉन्फ्रेंस रूम की ओर बढ़ गयी।

लगभग सभी लड़कियाँ आ गयी थीं। तन्वांगी और हसीना भी। इन दोनों पर मुझे

बहुत भरोसा है। हरविंदर कौर और तनुजा तो मेरी एन. सी. सी. की कैडेट ही हैं। वैसे भी बहुत अनुशासित हैं।

बातचीत शुरू करते हुए मैं बताने लगीं—'देखो, गाँधीनगर स्लम को मैंने आठ हिस्सों में बाँट दिया है। तुम लोगों की सुविधा के लिए इन हिस्सों को ए. बी. सी. से लेकर एच. तक नाम दे दिए गए हैं। स्लम के पश्चिम में जो खाली मैदान है और जहाँ पूरे स्लम की गंदगी जमा होती है, उसे वहाँ से हटाकर हमें पहले उस पूरे एरिया की सफाई करानी है। उसमें स्लम की सैंकड़ों औरतें और मर्द भी काम करेंगे। उनसे मैंने वहाँ जाकर बात कर ली है। वे तैयार हैं। कलक्टर ने वह मैदान हमारी संस्था के नाम कर दिया है। वहाँ स्कूल का भवन बनेगा।'

लड़कियाँ पूरी गंभीरता के साथ मुझे सुन रही थीं।

—लेकिन मैडम, उस मैदान में तो बहुत सी झोंपड़ियाँ बनी हैं। उनका क्या होगा।'

—तुम शायद बहुत दिनों से वहाँ नहीं गयी हो। उनका जो होना था, हो चुका है। अब वहाँ कोई झोपड़पट्टी नहीं है?'

—यह कैसे हो गया मैडम।'

—सब कुछ हो सकता है। बस, जरूरत इस बात की है कि सही काम को सही लोगों द्वारा सही समय पर हाथ में लिया जाय।' मैंने मुस्कराते हुए कहा। अपनी बात को आगे बढ़ाते हुए मैं बोली कि—अब इस बार बड़े दिन की छुट्टियाँ तुम सभी को 'सहयोग' के लिए देनी हैं।'

—आप हमें गाइड कीजिए मैडम। हम तैयार हैं।' हरीना, जो अभी तक चुप थी, बोली।

—ऐसा है कि स्कूल-भवन के लिए काफी पैसा चाहिए। और मैं सोचती हूँ कि इसमें उन लोगों की भी शिरकत होनी चाहिए, जिन्हें उस स्कूल से फायदा होने वाला है।' कुछ लड़कियों ने सहमति में अपना सर हिलाया।

मैंने आगे कहा—गांधीनगर में पांच हजार परिवार रहते हैं। पच्चीस-तीस हजार की आबादी है। अगर हर परिवार से दस-दस रु. महीना भी जमा किया जा सके तो हमें साल भर में करीब छह लाख रुपये मिल जाएँगे। मैंने बार-बार वहाँ जाकर स्लम के रहिवासियों को समझा दिया है कि समाज में आगे आने के लिए उनके बच्चों की शिक्षा बहुत जरूरी है।'

—हमें क्या करना होगा मैडम। क्या वहाँ जाकर बच्चों को पढ़ाना पड़ेगा।'

—नहीं, नहीं।' मैं बोली—तुम्हें उन्हें पढ़ाने की तकलीफ नहीं उठानी है। तुम्हें बस इतना करना है कि हर परिवार से हर महीने दस रुपये का कंट्रीब्यूशन इकट्ठा कर लो। हो सकता है, कुछ परिवार तुम्हें सौ रुपया महीना भी दे दें।'

—लेकिन इतने थोड़े पैसे से स्कूल थोड़े ही बन पायेगा। उसके लिए तो बहुत पैसे की जरूरत पड़ेगी।'

—जरूर पड़ेगी। लेकिन अगर एक साल में हम अपनी जगह की बाउंड्री वॉल भी बना लें तो यह हमारी सफलता ही होगी। मैं जानती हूँ, इस महानगर में बहुत पैसा है। धनी लोग उदार भी होते हैं। ऐसे सामाजिक कार्यों के लिए वे खुलकर सामने आ जाते हैं। बस, उन्हें दिखाने के लिए हमारे पास कुछ ठोस होना चाहिए और उन्हें विश्वास दिलाना चाहिए कि उनके पैसे का दुरुपयोग नहीं होगा। इसके लिए भी मैंने सोच लिया है। हम एक समिति बनाएँगे जिसके सदस्य यूनिवर्सिटी के सम्मानित प्रोफेसर, न्यायालय के जज, अन्य समाज-सेवी-संगठनों के उज्जवल छवि वाले पदाधिकारी और कुछ चरित्रवान् राजनेता होंगे। इनके माध्यम से हम उन लोगों तक पहुँचने की कोशिश करेंगे जो हमें अच्छा आर्थिक सहयोग दे सकते हैं।'

—मैडम, क्या आपको इस बात का भरोसा है कि हमें सहयोग मिलेगा।'

—मुझे भरोसा ही नहीं, विश्वास है। देवांगी दी की प्रेरणा और उनका कार्य हमारा सम्बल है। आखिर उन्होंने अपने जीवन के 35-40 साल इसी गाँधीनगर के लिए ही होम कर दिए। आज उन्हीं के प्रयासों से 'सहयोग' इस महानगर की एक जानी-मानी संस्था बन चुकी है। मुझे विश्वास है, हम सफल होंगे। सफलता के लिए जरूरत है सही सोच की, सही रास्ते की, दृढ़ संकल्प की और आत्मविश्वास की।

'ये गुण ही तुम्हें आगे बढ़ाएँगे। अभी तुम युवा हो, आज तुम्हें युवा होकर जीना है, फिर कुछ सालों बाद तुम अधेड़ हो जाओगी और अंत में तुम्हें बुढ़ापा घेर लेगा। जिंदगी के अंतिम छोर पर तुम्हारे मन में कोई आश्वस्ति तो होनी चाहिए कि तुमने समाज के लिए कुछ किया है। यदि समाज ने तुम्हें कुछ दिया है तो तुमने भी समाज को कुछ दिया है। उसी दिन और उस आश्वस्ति के लिए आज का सदुपयोग करो....अकेले में दुखी होने, पश्चाताप करने या आंसू बहाने की अपेक्षा किसी के दुख में सहभागी होना और उसके आंसू पोंछना कहीं बेहतर है। तुम समझ रही हो न?'

मैंने महसूस किया, लड़कियाँ एकटक मेरे चेहरे पर नजर गड़ाए थीं। मैंने कहा—यह एक यज्ञ है। महायज्ञ है। इसमें तुम्हें भी योग देना है। मैं चाहती हूँ, मैंने गाँधी नगर के जो आठ हिस्से बनाए हैं, उसके एक-एक हिस्से को दो-दो या तीन-तीन लड़कियाँ एडॉप्ट कर लें। हर खंड में करीब 500 परिवार होंगे। हर लड़की को करीब दो सौ-सवा दो सौ परिवारों के पास जाना होगा। यह काम दस दिनों में बड़ी आसानी से पूरा किया जा सकता है....।'

—और अगर कुछ लोग पैसा देने से इंकार कर दें तो....।'

—तो भी निराश होने की जरूरत नहीं है। हम उनके पास फिर-फिर जाएँगे। उन्हें समझाने की कोशिश करेंगे। उन्हें बताएँगे कि अगर सिर्फ दस रुपये महीना देकर उनके बच्चों को पढ़ने-लिखने की सुविधा मिलती है तो उन्हें कोई एतराज नहीं होना चाहिए, बस, समझाने का तरीका सही होना चाहिए। ऐसा होना चाहिए कि उनमें हमारे प्रति और हमारे काम के प्रति विश्वास पैदा हो।

—स्कूल कब तक बन पायेगा मैडम।' एक लड़की ने बड़े भोलेपन से पूछा।

—यह तो तुम लोगों पर निर्भर करता है।' मैंने हंस कर कहा—'अगर हम सब मिलकर ईमानदारी से मेहनत करें तो उस उजड़े मैदान में, जहाँ झोपड़पट्टियाँ थीं, जहाँ गैरकानूनी काम होते थे, पांच सालों के अन्दर स्कूल का भवन तैयार हो सकता है। और तुम लोगों को एक आत्मिक संतोष मिलेगा कि इस शाला के निर्माण में तुम्हारा भी कंट्रीब्यूशन है।'

मैं महसूस करती हूँ, बच्चियों के चेहरे पर एक खुशी उभर रही है। मैं आगे कहती हूँ—कल तुम्हें 'सहयोग' के बैजेज तथा रसीद-बुक मिल जायेगी। परसों से यह काम शुरू हो जाना चाहिए।'

—जी मैडम।' कई लड़कियाँ एक साथ बोल उठती हैं।

मैं अपने भीतर आश्वस्त होती हूँ—चलो, अब थोड़ा-चाय पानी हो जाये। हम कैंटीन में चलते हैं।' मैं उठ खड़ी होती हूँ। मेरे साथ लड़कियाँ भी।

कैंटीन में चाय पीते हुए हमीदा मुझसे पूछती है—मैडम, क्या इतनी छोटी रकम से शुरू करके इतना बड़ा काम किया जा सकता है।'

—बड़े कार्यों की शुरुआत इसी तरह होती है हमीदा। तुम्हें एक घटना सुनाती हूँ पचास साल पहले की बात होगी। यहाँ एक पोस्टमैन हुआ करता था। उसे अपने बच्चे को पढ़ा कर बड़ा आदमी बनाने की बड़ी इच्छा थी। लेकिन जिस स्कूल में वह बच्चे के दाखिले के लिए जाता, उसे टरका दिया जाता। इससे उसे बड़ी कोफ़्त हुई। एक दिन उसके दिमाग में यह ख्याल आया कि क्यों न वह खुद ही एक स्कूल खोल ले। लेकिन स्कूल खोलना कोई आसान बात नहीं थी। यह कोई दमड़ी खर्चे बिना खेले जाना वाला खेल नहीं था। मगर उसने हिम्मत नहीं हारी। उसने अपने बीट में आने वाले परिवारों से, जहाँ वह चिट्ठी-रजिस्ट्री बांटने जाता था, अपने मन की बात बताई और चंदे के रूप में उनसे केवल एक रुपये की सहायता मांगी। पहले तो लोगों ने उसकी बात का विश्वास नहीं किया लेकिन धीरे-धीरे कुछ लोगों ने उसकी मदद करनी शुरू कर दी। फिर उसने अपने साथी पोस्टमैनों को भी अपनी योजना बताई। उन्होंने भी कभी बेमन से और कभी उत्सुकतावश अपने-अपने बीट के परिवारवालों से सिर्फ एक रुपये की मदद माँगी। फिर उस पोस्टमैन ने अपनी चालवालों से और फिर अपने क्षेत्र के प्रवासी भाइयों को पकड़ा और इस तरह 2-3 साल में उसके पास इतना पैसा हो गया कि वह स्कूल के लिए जमीन खरीद सके। उसने घाटकोपर में बिल्कुल स्टेशन के पास पर्याप्त जमीन खरीद ली। उसके बाद उसने पीछे मुड़कर नहीं देखा। 5-6 सालों में उस जमीन पर एक स्कूल बन गया। अब तो उसकी मदद के लिए अच्छे खासे उद्योगपति सामने आने लगे...।

हमीदा कुछ उत्सुकता से, कुछ आश्चर्य से और कुछ अविश्वास से मेरा चेहरा देखे

जा रही थी।

उसकी इन सब प्रतिक्रियाओं का समाधान जरूरी था। मैंने आगे कहा–हमीदा आज तुम जिस कॉलेज में पढ़ती हो और तुम्हारी देवांगी मैडम जहाँ पढ़ाती थीं, उसकी नींव जैसे तभी पड़ गयी थी जब उस पोस्टमैन की हिम्मत से यह स्कूल खुला था। तुम्हें मालूम ही होगा, तुम्हारे कॉलेज से लगा हुआ एक विद्यालय है–हिन्दी विद्यालय। यह विद्यालय उसी पोस्टमैन का बनाया हुआ है।'

–क्या कहती हैं, आप मैडम।'

–मैं सच कहती हूँ।'

–लेकिन मैडम, हमारे कॉलेज या उस स्कूल के मैनेजमेंट में तो किसी पोस्टमैन का नाम नहीं है।

–नींव के पंत्थरों के नाम नींव में ही दबे रह जाते हैं और उन पर जो भवन खड़ा होता है, उसे ही लोग जानते हैं। दुनिया का यही रिवाज है।'

सब की चाय हो चुकी थी। हम लोग कैंटीन से बाहर निकल आए।

20

आज छुट्टी का दिन है। शाम के चार बज रहे हैं।

सुबह नन्दू आई थी....सफाई करने। मैं भी उसके साथ लगी रही। बहुत उदास थी वह। मैंने पूछा तो वह सुबकियाँ भरने लगी।

—बता न, क्या बात है। अपने आदमी से कोई झगड़ा हो गया?'

—नहीं, मैडम! वैसी कोई बात नहीं है।'

—तो फिर.....?'

—बड़ा बेटा घर छोड़कर चला गया। तीन दिन से कोई पता नहीं है।'

—क्यों चला गया। वह तो पढ़ता था न। तू उस दिन बता रही थी। इस साल मैट्रिक की परीक्षा देगा।'

—काहे की पढ़ाई मैडम। घर से स्कूल का बहाना करके निकल जाता था। पता नहीं, दिन भर किन मवालियों के साथ रहता था। उस दिन बाप से बोला—'मुझे साइकिल ले दो। बाप ने कह दिया—'तुझे साइकिल की क्या जरूरत है। चार कदम पर तो स्कूल है।'

वो बोला—मेरे सब दोस्तों के पास साइकिल है। वे मुझे चिढ़ाते हैं।'

बाप ने उसे समझाना चाहा लेकिन वह अपनी जिद पर अड़ा रहा।

यहाँ तक कह दिया कि अगर उसकी एक छोटी-सी जरूरत पूरी नहीं कर सकते थे तो उसको पैदा ही क्यों किया।'

—फिर....?' मैं उसके पास ही जमीन पर बैठ गयी।

—फिर क्या? मेरे आदमी ने उसके मुँह पर जोर का तमाचा ज़ड़ दिया। लेकिन वह रोया नहीं। बस, बाप को घूरता रहा। और बाप जब काम पर चला गया तो वह भी एक थैली में अपने कुछ कपड़े डाल कर घर से निकल गया। तब से उसका कोई पता नहीं है। आज तीसरा दिन है।' कह कर नंदू रोने लगी।

मैंने उसे चुप कराया। सुबकते-सुबकते वह घर का काम करती रही।

नन्दू काम करके चली गयी है। मैं घड़ी की ओर देखती हूँ। पाँच बजनेवाले हैं। मैं जल्दी-जल्दी तैयार होती हूँ। मुझे 'सहयोग' के ऑफिस में जाना है। कुछ लड़कों को

बुला रखा है। ऑफिस की सफाई करनी है और उसे व्यवस्थित भी करना है। कई दिनों से वैसा ही उजड़ा-उजड़ा सा पड़ा है।

ऑफिस पहुँचती हूँ। नवीन कांबले और ज़फर मेरा इन्तजार कर रहे हैं। मुझे अच्छा लगता है। नए खून में भी कुछ जिम्मेदारी बची है। मैं उन्हें काम बताती हूँ।—पंखों, बैंचों, कुर्सियों और मेज की सफाई। कमरे की धुलाई और ऐसी ही छोटी-मोटी कुछ और बातें।

ज़फर ने एक तरफ दरी बिछा दी है। मैंने अलमारियाँ खोलकर सारी फाइलें निकाल ली हैं। अलमारी के निचले खाने में एक सेफ़ जैसा कुछ है। मैं उसे खोलती हूँ। उसमें मखमल के कपड़े की एक पोटली रखी है। पोटली में कुछ कागज हैं और एक मोटी सी नोटबुक है। मैं उस नोटबुक को लेकर उत्सुक हो उठती हूँ।

मैं वहीं खड़े-खड़े उसके पन्ने उलटने लगती हूँ। एक पन्ने पर कविता की शैली में लिखा हुआ है :

—उपेक्षाएँ
उत्पीड़न
उलाहने भी
शक्ति देते हैं
संकल्प की हिम्मत
और लक्ष्य की स्पष्टता
बस, सोच
रचनात्मकता होनी चाहिए।

फिर कुछ पंक्तियाँ छोड़कर लिखा है :

सब ओर वंचना है
सब ओर षडयंत्र है
सब ओर पाखंड है।
एक निहत्था, अकेला क्या करे
सब ओर तांडव है
एक समूह की जरूरत है
इस तांडव को
उत्सव में बदलने के लिए।

मैं आगे के पन्ने उलटते हुए दरी पर आकर बैठ जाती हूँ। सामने फाइलें बिखरी पड़ी हैं। उन्हें हिसाब से लगाना है। कांबले झाड़ू लगा रहा है। नवीन कुर्सियाँ धो-पोंछ रहा है। लेकिन मेरा मन देवांगी दी की नोटबुक में अटक गया है। मैं दो-चार पन्ने

उलटकर फिर पढ़ने लगती हूँ :

—पिता अपनी संतान में अपने विकास को देखता है। इसीलिए उसका पालन-पोषण करता है। पिता सज्जन भी होते हैं, दुर्जन भी। लेकिन दुर्जन पिता भी यह नहीं चाहता कि उसकी संतान भी दुर्जन बने। डाकू और आतंकवादी भी कभी यह नहीं चाहेगा कि उसकी संतान उसके नक्शे कदम पर चले। मेरे पापा बहुत ही सज्जन हैं। लेकिन आज के दिन ज्यादा सज्जनता भी कमजोरी बन जाती है। पापा ने मेरे लिए क्या त्याग नहीं किया। ममी के निधन के बाद वे फिर अपना संसार बसा सकते थे। लेकिन नहीं बसाया। किसके लिए। मेरे ही लिए न। पता नहीं, पापा के इस त्याग से मैं कब उऋण होऊँगी। होऊँगी भी या नहीं, पता नहीं।'

मैं खूब सारे पन्ने पलट देती हूँ। सहसा एक पन्ने पर आकर मैं रुक जाती हूँ। इस पर सुन्दर अक्षर लिखे हैं। मैं पढ़ने लगती हूँ :

—कल गांधीनगर गयी थी। जाते ही कितने लोगों ने घेर लिया। डिस्पेंसरी खूब चल रही है। एक बूढ़ी तो मेरे पैरों पर पड़ गयी। कहने लगी—बेटी, भगवान तेरा भला करे। तूने यहाँ अस्पताल खोल कर हमारा कितना भला किया। हम सब तुझे आशीर्वाद देते हैं।'

फिर वह मुझे अपनी झुग्गी में ले गयी। बोली—बेटी, इतनी दूर से हमारे लिए आई है। थक गयी होगी। भूख लगी होगी। कुछ खा ले।' झुग्गी के बाहर ही उसने एक चटाई बिछा दी। उस पर बड़े प्यार से मुझे बिठाया। फिर एक थाली में कुछ चिवड़ा लेकर आई और मेरे सामने रख दिया। कांपती आवाज में बोली—हम गरीबों के यहाँ और क्या रखा है। इसे प्रसाद समझ कर खा ले। मैं तेरे लिए चाय बनाती हूँ।'

कितना प्यार, कितनी ममता है इन लोगों के दिलों में। इनके लिए थोड़ा भी कुछ कर दो, ये उस पर न्योछावर हो जाते हैं। अपने प्राणों का उत्सर्ग करने को तैयार हो जाते हैं उसके लिए। इनकी जिंदगी में कितना अंधेरा है, इनकी छोटी-छोटी समस्यायें कितनी बड़ी हैं, इनके दुख कितने घने हैं लेकिन इस सब के बावजूद इनके दिल कितने खुले, कितने विशाल हैं। मैं मन ही मन इनको प्रणाम करती हूँ। जब मैं वहाँ से चलने लगी तो बुढ़िया बोली—बेटी, यहाँ जल्दी-जल्दी आती रहना। तेरे आने से बस्ती में उजाला हो जाता है।'

मैं संकोच से भर गयी और आँखों में कृतज्ञता के आंसू लिए घर लौट आई। लेकिन घर लौट कर भी लगा कि मैं अपने को वहीं बस्ती में छोड़ आई हूँ। मन बहुत उदास हो गया। और उदासी में अनजाने ही अपनी डायरी लेकर बैठ गयी। मैं क्या उजाला करूँगी उनकी बस्ती में। जुगनू क्या उजाला कर सकता है। यह जो कुछ मैं करती रही हूँ, यह तो अपने मन की शांति के लिए कर रही हूँ। उनको थोड़ी-सी राहत देकर मुझे सुख मिलता है। हर व्यक्ति का अंतिम लक्ष्य होता है सुख, शांति और संतोष। यह दूसरी बात है कि मेरी संवेदना उन्हें भी सुखी बनाती है। लेकिन करती तो मैं अपने

ही लिए हूँ न। कितने भोले-सच्चे होते हैं ये गरीब लोग। निश्छल निष्ठा, विश्वास और भक्ति से भरे हुए। काश, इनके जीवन में कोई अनंत, स्थायी उजाला भर पाता....।'

मैंने पन्ना उलटा तो उस पर छोटी-सी कविता लिखी थी—

हम सूरज की ज्योति नहीं हैं
हम उजियाले के सोत नहीं हैं
हम तो जंगल के जुगनू हैं।

अंधियारे की पगडंडी पर
बिखरे बेहाल सवाल
धुंध ने लील लिए सब
बासंती सपने, बेहाल

चेहरों पर शाम पुती-पुती है
हर नज़र यहाँ झुकी-झुकी है
और प्रकाश की किश्तियाँ
न जाने कहाँ रुकी-रुकी हैं।
सूरज लाए कौन यहाँ
चंदा लाए कौन यहाँ
हम तो टिमटिम करते
जंगल के जुगनू हैं।

आगे लिखा है—

परसों पलक घर पर आनेवाली है। उसे इन लोगों के बारे में और भी बहुत कुछ बताऊँगी। अब धीरे-धीरे वह मेरा काम संभाल रही है। मुझे अच्छा लग रहा है।'

मैं पढ़ते-पढ़ते पुलकित हो उठती हूँ। देवांगी दी मुझे इतना मानती थीं, सोच कर मेरा मन खुशी से फूल उठा है। और मैं न जाने कहाँ खो जाती हूँ।

तभी कांबले ने पास आकर कहा—मैडम सब पूरा हो गया है। और कोई काम है....?'

चौंक कर मैंने कांबले की ओर देखा—नहीं कांबले, आज कुछ और नहीं। अब कल देखेंगे।'

—जी....तो हम लोग जाएँ।'

—चलो, मैं भी साथ चलती हूँ।'

मैंने दीदी की नोटबुक अपने साथ ले ली और बच्चों के साथ स्टेशन की ओर चल दी।

21

घर आकर मैं देर रात तक सो नहीं पाई। दीदी के बारे में ही सोचती रही। कितनी करुणा, कितनी संवेदना भरी थी उनके मन में। जब कोशिश करने पर भी बहुत देर तक नींद नहीं आई तो मैं साइड लैंप जलाकर उनकी नोटबुक लेकर बैठ गयी और उसके पन्ने पलटने लगी।

एक पन्ने पर कुछ वाक्यांश लिखे थे :

—गद्दी के गद्दार

—संशय की सलीब

—चींखते संत्रास

—अपनी मौत पर रोने की कोशिश

—बंजर भूमि में बीज बोना

—होठों की कश्ती

—आशीर्वाद की छत

—बूढ़े बरगद की छाया

—टूटा हुआ आसमान

—घने कुहरे में डूबा शहर

हो सकता है, पत्र-पत्रिकाओं को पढ़ते हुए उन्हें ये वाक्यांश अच्छे लगे हों और उन्होंने इन्हें अपनी नोटबुक में नोट कर लिया हो। आगे के कुछ पन्नों में भी दो-दो, तीन-तीन वाक्यों के छोटे-छोटे पैरा अंकित थे।

मैंने पन्ने उलट दिए। कुछ आगे नोट बुक पर आठ-दस पन्ने चिपकाए हुए थे। पन्ने मटियाले हो गए थे। शायद काफी पहले लिखे गए हों। मैं उत्सुकतावश उन्हें पढ़ने लगी—

—'समय' भी इंसान को कैसे-कैसे खेल खिलाता है। सागर की एक लहर तट तक आती है और तट का सब कुछ बहा ले जाती है। और फिर एक दूसरी लहर आती है और तट पर सब कुछ छोड़ जाती है। यह खेल चलता रहता है। ले जाने और छोड़

जाने का यह खेल। अनंतकाल से चल रहा है और अनंतकाल तक चलता रहेगा।

कुछ इंसानों की जिंदगी में भी कुछ ऐसे ही खेल चलते रहते हैं। जिस हादसे की कोई कल्पना नहीं होती, वह हो जाता है और जिसके बारे में मन शंका से भरा होता है, उसका दरअसल कोई अस्तित्व ही नहीं होता। इन दोनों स्थितियों के बीच कभी-कभी संयोग आ खड़ा होता है और फिर सब कुछ उलट-पुलट हो जाता है।

यह संयोग ही था कि महानगर की इतनी सुन्दर और सम्पन्न युवतियों में से अशोक ने अपने लिए मुझे ही चुना। और यह भी संयोग ही था कि एक संस्कारी और प्रबुद्ध पिता की संतान को—यानी कि मुझको एक ऐसे इंसान से बंधना पड़ा जिसके लिए औरत कोमल, ताजे और जीवित मांस की लोथ से ज्यादा अहमितयत नहीं रखती थी और क्या यह संयोग नहीं था कि अपनी बहू के लिए एक पिता अपने बेटे को 'डिसओन' कर दे।

और वह भी तो संयोग ही था जब मैं डॉ. घोष से मिली थी। सुहास महीने भर से बीमार चल रहा था और मैं उसे लेकर डॉ. घोष की क्लिनिक में गयी थी। और जब डॉ. घोष ने बातों-बातों में सुहास के पिता के बारे में पूछा तो मैं एकायक कह गयी थी कि इसके पिता नहीं रहे। और जब उन्हें कुछ दिन बाद यह मालूम हुआ कि मैं महानगर के विख्यात व्यवसायी सूरज भान की पुत्र-वधू हूँ तो उनका मेरे प्रति बहुत लगाव हो गया। शायद उन्हें अशोक के बारे में सब कुछ मालूम था। लेकिन उन्होंने इसका कोई जिक्र नहीं किया। एक दिन उन्होंने ही मुझे बतलाया कि 'सूरज भान चेरिटेबल ट्रस्ट' द्वारा दी गयी आर्थिक सहायता से ही वे अपनी डॉक्टरी की पढ़ाई कर पाये। ऐसा कहते हुए वे बाबूजी के प्रति अनुगृहीत दीखे। उन्होंने मुझसे कहा कि सुहास को क्लिनिक पर लाने की जरूरत नहीं है। वे खुद बंगले पर आकर उसे देख जाया करेंगे। उन्होंने मुझसे यह भी कहा कि चिंता करने की कोई बात नहीं है। दवाइयों के 'ओवर डोज' के कारण थोड़े कॉम्पलिकेशन हो गए हैं। जल्दी ही ठीक हो जाएँगे।

इसके बाद उनका हमारे बंगले में आना-जाना शुरू हो गया था। सुहास की जाँच-परख के बाद भी वे काफी देर तक बाबूजी के पास बैठे रहते। दुनिया-जहान की बातें करते और कभी-कभी मुझे भी बातों में शामिल कर लेते। दरअसल, इन दोनों की अच्छी दोस्ती हो गयी थी। मुझे भी डॉ. घोष का घर आना अच्छा लगने लगा था। उनके आने से बंगले की एकरसता टूट जाती थी। शायद इसीलिए।

एक दिन हम दोनों लॉन में बैठे थे। इस बार वे काफी दिनों के बाद आए थे। उस दिन बाबूजी पूना गए हुए थे, अपनी फैक्ट्री के काम से।

चाय बनाते हुए मैं बोली—आप की चाय में कितनी शक्कर डालूँ।'

—कितनी भी डाल दीजिए। मैं डाइबिटिक नहीं हूँ। वैसे न भी डाले तो भी चलेगा।'

मैंने डॉक्टर घोष की ओर नजर उठा कर देखा। वे मेरे चेहरे को भेदते हुए मुस्करा

रहे थे।

—मैं तो समझे बैठी थी कि आप काफी सीरियस टाइप के हैं। लेकिन आप तो बातें भी बहुत बढ़िया कर लेते हैं।'

—देवांगीजी, अपने प्रोफेशन के प्रति मैं सचमुच बहुत सीरियस हूँ। लेकिन आम जिन्दगी में फक्कड़ हूँ....।'

—फक्कड़। मतलब?' मैंने उन्हें कप पकड़ाते हुए कहा।

—फक्कड़ यानी फक्कड़। चाहता हूँ खुश रहूँ। खुशी बाँटूँ और किसी बात पर ज्यादा न सोचूँ। क्या होता है कि ज्यादा सोचने से इंसान गम्भीर और उदास-सा रहने लगता है। और उदासी मुझे बिल्कुल नहीं सुहाती।'

—आपकी बातें सचमुच मजेदार हैं।' मैं एक काजू कतरते हुए बोली।—'आप जानते नहीं कि आदमी सोते हुए भी सोचता रहता है और उसका यह सोचना सपनों के रूप में सामने आता जाता है।'

—अरे, आपने तो मेरी नॉलेज बढ़ा दी....।' कहकर डॉ. घोष खुल कर हंस पड़े।. ...—आप क्या पढ़ाती हैं। साइक्लॉजी या लिट्रेचर?'

मैं उन्हें देखती रह गयी। इस व्यक्ति की अन्तर्दृष्टि भी कितनी पैनी है।

—मैं लिट्रेचर पढ़ाती हूँ।'

—तभी तो। लिट्रेचर वाले बड़े विचारक होते हैं?'

—मतलब।'

—मतलब यही कि उन्हें उन सभी 'डिसिप्लिन्स' का आधा-अधूरा ज्ञान होता है जिनको लेकर वे अपना साहित्य यानी लिट्रेचर गढ़ते हैं। और उस पर तुर्रा यह कि वे उसे ओरिजनल मान कर चलते हैं।'

—आप कहना चाहते हैं कि लिट्रेचर ओरिजनल नहीं होता?' मैंने तर्क करना चाहा। शायद मेरे स्वर में कुछ तुर्शी थी।

—आप ऐसा मानती हैं तो मैं भी माने लेता हूँ।'

—यह तो कोई बात नहीं हुई।'

—बात क्यों नहीं हुई। मैं आपको खुश और विजयी देखना चाहता हूँ। इसीलिए....।' कहकर वे फिर जोर से हँस पड़े।

—आपका हँसना भी कमाल का है।' मैं थोड़ी कोमल हो आई थी।

—हँसना स्वास्थ्य के लिए एक नायाब मेडिसिन है।' वे फिर हँस पड़े। इस बार मैं भी उनके साथ हँस पड़ी।

चाय खत्म हो गयी थी।

—अच्छा, देवांगी जी....।'

—आप क्या सिर्फ देवांगी नहीं कह सकते।' मैं अनायास ही कह गयी।

—आपको अगर सिर्फ देवांगी कहलाना अच्छा लगता है, तो आगे से देवांगी ही

कहूँगा....।' डॉ. घोष ने थोड़ा हँसते हुए कहा।

—और मेरे लिए 'आप' कहना भी जरूरी है क्या। मैं आप से कितनी छोटी हूँ।'

—यही तो मुसीबत है। औरतें हमेशा अपने को छोटी ही प्रूव करना चाहती हैं। मेरा मतलब है उम्र में छोटा....। वैसे हममें सात-आठ साल से ज्यादा का फर्क नहीं है।'

—क्या सात-आठ साल का फर्क ज्यादा नहीं होता।'

वे फिर हँस पड़े। उनका यह रूप मैं पहली बार देख रही थी।

—ज्यादा होता है लेकिन एक उम्र तक। वे बोले—अगर एक बच्चा दो साल का हो और दूसरा आठ-नौ साल का तो यह फर्क ज्यादा है। लेकिन अगर कोई 30 साल का हो और दूसरा सैंतीस-अड़तीस साल का तो यह फर्क उन बच्चों की उम्र के फर्क जैसा नहीं रहता। और अगर वे दोनों साथ-साथ रहने लगें तो उम्र का यह फर्क बिल्कुल ही मिट जाता है।' अन्तिम वाक्य बोलते हुए वे मुस्करा दिए।

—कैसे?' मेरे मुँह से निकल गया।

—क्योंकि तब दोनों व्यक्ति मैच्योर हो चुके होते हैं। अब देखो, अनेक कलाकार अपनी बेटी की उम्र की महिला से शादी कर लेते हैं क्योंकि वे दोनों मैच्योर हो गए होते हैं। और वैसे भी, महिलाएँ जल्दी मैच्योर हो जाती हैं।' वे फिर खिलखिला कर हंस पड़े। मुझे भी उनका साथ देना पड़ा।

बीच का एक पन्ना कोरा था। शायद बाद में कुछ लिखने के लिए छोड़ दिया गया हो। मैंने पन्ने को उलटते हुए पन्ना खोला। मैं देवांगी दी के बारे में जानने के लिए कुछ ज्यादा ही उत्सुक हो उठी थी। पन्ने का ऊपरी आधा हिस्सा फिर कोरा था। पन्ने के बीच में लाल स्याही से लिखा था :

मुझे पता ही नहीं लगा कि कब मैं अपने आपको डॉ. बिजॉय घोष के इतना नजदीक महसूस करने लगी थी। अब हम दोनों साथ-साथ बाहर भी जाने लगे थे। रेस्टराँ में, सेमिनारों में, थियेटर में। वे नाटक देखना ज्यादा पसंद करते थे और उनका पसंदीदा थियेटर था 'मातुश्री थियेटर'। वहाँ हमने अंग्रेजी, हिंदी के अनेक नाटक देखे। उस दिन नाटक देखते हुए उन्होंने अपनी हथेली मेरी बाँह पर रख दी। मैं कुछ बोली नहीं। या कहो, बोल नहीं पाई। अपनी बांह को हटाने की मैंने कोई कोशिश भी नहीं की। सच कहूँ तो उनकी हथेली का गुनगुना स्पर्श मुझे अच्छा लग रहा था। फिर धीरे-धीरे वे मेरी बाँह को सहलाने लगे। मेरा पूरा शरीर रोमांचित हो उठा। हो सकता है, उस रोमांच के क्षणों में मैंने अपनी आँखें बन्द कर ली हों और अपने भीतर चल रहे नाटक में खो गयी होऊँ—मैं ठीक से कुछ नहीं कह सकती। लेकिन इतना जरूर है कि डॉ. घोष की इस निकटता और इस स्पर्श से मुझे अच्छा ही लगा।

'हाल से बाहर निकलकर मैंने अनायास उनकी तरफ देखा। उनकी आँखें झुकी हुई

और चेहरा गंभीर था।

'क्या बात है डॉ. घोष।' मैंने बहुत ही संयमित स्वर में उनसे पूछ लिया।

अब उन्होंने मेरी तरफ देखा। बोले–कुछ नहीं, बस यों ही...।'

कुछ रुक कर फिर बोले–आपको बुरा तो नहीं लगा।'

मैं चुप रही। कोई जवाब नहीं दिया।

–बुरा लगा हो तो माफ कर दीजिए प्लीज।'

–नहीं, ऐसी कोई बात नहीं है।'....फिर थोड़ा रुक कर बोली – कुछ बातें बुरी और अच्छी के बीच भी होती हैं जिनके बारे में निश्चित तौर पर कुछ नहीं कहा जा सकता।'

–यानी इसका मतलब यह हुआ कि आपको अच्छा नहीं लगा।'

–यह मैं कैसे कहूँ।' मैंने थोड़ा मुस्कराते हुए कहा।

मेरे मुस्कराने से वे जैसे थोड़े उत्साहित हुए। बोले–यह तो मुझे मालूम था कि तुम्हें अच्छा लगेगा। तुरंत अच्छा न लगे तो भी बुरा तो नहीं ही लगेगा।' कहते हुए उन्होंने मुस्करा कर मेरी तरफ देखा।

शायद मैंने संकोच में अपनी आँखें नीची कर ली होंगी।

थियेटर के बाहर ही पत्थर की एक गोल मेज पर डिनर लेकर हमने टैक्सी ले ली। टैक्सी में हम नाटक पर ही बात करते रहे। पात्रों के अभिनय, संवादों पर, संवादों के कहने के ढंग पर और मंच सज्जा पर। वे कहने लगे–मुझे भी नाटक करने का शौक था। एक्टिंग तो मैं ठीक कर लेता था लेकिन डायलॉग बोलने में गड़बड़ हो जाती थी। आज भी हो जाती है।' कह कर उन्होंने मेरी तरफ देखा और हँसने लगे।

–क्या मतलब? मैं समझी नहीं।' सचमुच मैं उनकी बात समझ नहीं पाई थी।

–यही कि बोलना कुछ चाहता हूँ और बोल कुछ जाता हूँ।' उन्होंने थोड़ा झेंपते हुए कहा।

–अब समझी। यू आर वैरी चालाक।' और हम दोनों साथ-साथ हंस पड़े।

मुझे बंगले पर पहुँचा कर वे उसी टैक्सी से लौट गए।

उस शाम के बारे में मैं देर रात तक सोचती रही। और सोचते-सोचते न जाने कब सो गयी। और जब आया चाय लेकर मुझे जगाने आई तो सुबह के नौ बज रहे थे। और बाबूजी नाश्ता करके फैक्टरी जा चुके थे। मुझे याद नहीं आता कि कभी पहले मैं इतनी देर तक सोई होऊँ। मैं जल्दी-जल्दी कॉलेज के लिए तैयार होने लगी।

'और उस दिन दिन, भर में शिथिल-शिथिल सी बनी रही। सोचती रही, यह सब क्या हो रहा है मुझे। क्या यह सब ठीक हुआ? ठीक हो रहा है? ठीक है, डॉ. घोष अकेले हैं लेकिन मुझ जैसी महिला के लिए उनका यह लगाव। मेरे हालात उनसे छिपे नहीं हैं। तो फिर यह सब क्या है। कहीं वे मेरे साथ फ्लर्टेशन तो नहीं कर रहे कि चलो समय बिताने को देवांगी अच्छी है। लेकिन उनके पास समय है कहाँ। ज्यादातर मैंने ही उन्हें

इन्वाइट किया है। फिर....फिर....? उस दिन और आगे के कुछ दिनों में बहुत सोचा मैंने इस सब के बारे में। लेकिन किसी निर्णय पर नहीं पहुँच पाई। फिर छोड़ दिया सोचना यह सोच कर कि चलो, चलने दो इसी तरह। देखें, कब तक चल पाता है यह सब।

फिर अलगे कुछ दिनों तक उनसे कोई सम्पर्क नहीं हो पाया। मैं 'सहयोग' और कॉलेज के कामों में व्यस्त रही। तभी एक शाम को उनका फोन आ गया—देवांगी जी, आज शाम को क्या कर रही हैं।'

उनकी आवाज सुनकर एक बार तो मैं अचकचा गयी। लेकिन संभल कर बोली—चलिए, आपको मेरी याद तो आयी।'

—ऐसी कोई बात नहीं है मैडम।'

—तो फिर क्या बात है?'

—बात ये है कि मैं आपको हमेशा अपने आसपास ही महसूस करता रहा। इसीलिए आप की कमी भी महसूस नहीं हुई।'

—तो फिर आज?'

—आज की बात दूसरी है। क्लिनिक की छुट्टी है और जहांगीर आर्ट गैलरी में कुछ नए पेंटर्स की एक्जीबिशन लगी है। सोचा, आप साथ होंगी तो मुझे अच्छा लगेगा। आ सकती हैं क्या?'

एक क्षण के लिए मैं सोच में पड़ गयी। कोई विशेष काम मुझे भी नहीं था। और वैसे भी इतने दिनों बाद डॉ. विजोय घोष से मिलना....।

—क्यों, क्या सोच रही है?' दूसरी तरफ से आवाज आई।

—नहीं, कुछ भी तो नहीं।'

—तो फिर आ रही हैं न। ऐसा कीजिए आप तैयार हो जाइए, मैं आपको बंगले से पिक-अप कर लूँगा।'

—नहीं, नहीं, बंगले से नहीं। बाबूजी के कुछ मेहमान लॉन में बैठे हैं। मैं खुद आ जाऊँगी। कितने बजे पहुँचना है।'

—साढ़े चार बजे तक आ जाइए।'

—ठीक है;

—-मैं आप का इंतजार करूँगा।'

—जी....।'

दूसरी तरफ से फोन रख दिया गया था, धीरे-से।

एक क्षण के लिए मेरा मन गुदगुदा आया। लेकिन दूसरे ही क्षण मैं सोच में पड़ गयी। भीतर से जैसे आवाज आई—यह सब क्या हो रहा है देवांगी। इस मेलजोल की परिणति क्या होगी, कभी सोचा है तुमने। तुम कॉलेज में पढ़ाती हो। तुम्हारें सैकड़ों विद्यार्थी पूरे महानगर में बिखरे पड़े हैं। किसी ने तुम्हें डॉ. घोष के साथ देख लिया तो। बात का बवंडर बनते कितनी देर लगती है। फिर तुम्हारे बाबूजी की शहर में कितनी

इज्जत है। उनके ही किसी जाननेवाले से तुम दोनों साथ-साथ टकरा गए तो। उसने तुम्हारे पिताजी से इस बात का जिक्र कर दिया तो। फिर सुहास भी है। और 'सहयोग' के तुम्हारे इतने सारे साथी, कार्यकर्ता। स्त्री-पुरुष की मित्रता को लोगों की आँखें झट पहचान लेती हैं। उनके संबंधों को ताड़ने में भी वे कोई गलती नहीं करते। —इसी तरह सोचते-सोचते मैं अपने आप से लड़ती रही। कभी अपने आप से कहती—मेरी जिन्दगी मेरी जिन्दगी है। उसे मैं जैसे चाहूँगी, जीऊँगी। सुहास या बाबजू तो मेरा अकेलापन नहीं भर सकते। इतने दिनों में मैंने जान लिया है कि डॉ. घोष स्वच्छ छवि के व्यक्ति हैं। गम्भीर हैं, बौद्धिक हैं और व्यवहार में शालीन हैं। ऐसे व्यक्ति से यदि मित्रता होती है, ऐसा व्यक्ति यदि मेरे अकेलेपन का खालीपन भर सकता है तो उसके साथ संबंध रखने में क्या बुराई है। तभी अंदर से एक तीखी-सी आवाज आती—सोच लो। अच्छी तरह सोच लो। ऐसा न हो कि तुम्हें एक बार फिर गच्चा खाना पड़े। तब तुम बुरी तरह टूट जाओगी। ऐसी टूटोगी कि अपने आप से भी नहीं जुड़ पाओगी।' और फिर मैं स्वयं से कहती—सोच लिया है। मैंने खूब सोच लिया है। जो कुछ मैंने सोचा है, जो कुछ मैं कर रही हूँ, उसकी जिम्मेदार मैं खुद हूँ। मैं भाग्य और नियति पर विश्वास नहीं करती। उनकी आड़ लेकर मैं अपने को नहीं बचाऊँगी....।

उन दिनों मैं बार-बार इसी उधेड़बुन और अंतर्द्वंद्व में पड़ी रहती। साथ ही, डॉ. घोष से मिलती भी रहती। मैं उनसे जितना मिलती, जितनी बातें करती, उतना ही उन पर विश्वास और मजबूत हो जाता।

फिर कुछ समय बाद या यों कहो कि करीब छह महीने बाद एक दिन हम दोनों जुहू के 'सी-व्यू' रेस्ट्राँ में बैठे थे। बारिश हो रही थी और समुद्र उछाल पर था। कभी-कभी लहरें रेस्ट्राँ की दीवार से टकरा कर हमारी मेज तक को भिगा जाती थीं। उस बारिश में भी बच्चे-बड़े लहरों के साथ खेल रहे थे। एक ऊँटगांड़ी में कुछ विदेशी सैर करते हुए मौसम का मजा ले रहे थे। बारिश के साथ-साथ हल्की धूप की उजास मुझे रोमांचित कर रही थी। बिजॉय बियर का गिलास लेकर चुपचाप बैठे थे।

—क्या तुम्हें यह सब अच्छा नहीं लग रहा।' मैंने चाय की चुस्की लेते हुए उनसे पूछ लिया। अब तक हम 'आप' से 'तुम' पर आ चुके थे।

—नहीं तो! मुझे भी अच्छा लग रहा है।' वे मशीनी ढंग से बोले थे।

—तुम्हारे मूड से तो ऐसा नहीं लग रहा।'

—मूड तो ठीक है।'....फिर कुछ रुक कर बोले—देवांगी तुमसे एक बात कहना चाह रहा था। बड़े पशोपेश में रहा हूँ पिछले कुछ दिनों से कि तुम्हें बताऊँ या न बताऊँ।'

—बात क्या है। बताओ न।'

—तुम डिस्टर्ब तो नहीं होगी।'

—कोशिश करूंगी कि न होऊँ।'

—ऐसा है कि तुम्हारे हसबैंड मुझे पिछले कुछ हफ्तों से धमकी भरे पत्र लिखते रहे हैं।'

—क्या....?' अशोक? मेरा सारा रोमांस, उस गीले मौसम की सारी खुशी, सारा उत्साह एक पल में गायब हो गया।—क्या लिखता है वह।'

—यह चौथा पत्र मुझे कल ही मिला है।' बिजॉय ने अपनी जेब से एक कागज निकाल कर मेरे हाथ में थमा दिया। मैं पत्र की इबारत पढ़ने लगी। लिखा था —डॉ. बिजॉय घोष बाबू!'

मैं पहले भी कई बार आप को पत्र लिखकर कह चुका हूँ कि आप मेरी पत्नी देवांगी से मिलना-जुलना एकदम बंद कर दें। यह मैं आपके भले के लिए कह रहा हूँ। देवांगी एक छिनाल औरत है। उसका संग-साथ आपको भारी पड़ेगा। उसके और भी कई लफंगों से संबंध हैं। आप डॉक्टर हैं। शहर में आपका नाम है। कहीं ऐसा न हो कि इस चक्कर में आपको अपनी जान से भी हाथ धोना पड़े।

—हमेशा आप का भला चाहनेवाला—अशोक।

पत्र पढ़कर मैं तो सन्न रह गई। अशोक इतने सालों के बाद भी इतनी नीची हरकत कर सकता है, मैंने सोचा भी नहीं था।

मैंने बिजॉय की तरफ देखा। उनका चेहरा भावशून्य था। वे सर झुकाए बैठे थे। मेरी आँखों में आँसू भर आए। मैं सोच नहीं पा रही थी कि मैं क्या कहूँ। और कुछ कहूँ भी तो बिजॉय कैसे रिएक्ट करेंगे। कुछ पल दोनों तरफ की खामोशी में यों ही बीत गए।

फिर वे ही बोले—देवांगी!'

मैंने सर उठाकर आँखों में देखा। बोली कुछ नहीं।

—मैं बहुत असमंजस में....बहुत मुश्किल में पड़ गया हूँ देवांगी।'

मैं कुछ बोली नहीं। चाय की प्याली को एक ओर सरका कर मैं उनकी ओर देखती रही। कुछ पल चुप रहने के बाद जैसे कि वह बोलने के लिए शब्द चुन रहे हों, उन्होंने मेरी तरफ सीधे देखा और कहा—देवांगी, बहुत सी बातें ऐसी होती हैं जो कही नहीं जाती, अपने आप समझ ली जाती हैं।' कहकर वे चुप हो गए। मैं उनके बोलने का इन्तजार करती रही।

फिर वे बहुत धीमी आवाज में कहने लगे—मैंने तुमसे कभी यह नहीं कहा कि मैं तुमसे प्यार करता हूँ और न तुमने ही ऐसी कोई बात कही। लेकिन हम दोनों जानते हैं कि हम एक दूसरे को चाहते हैं। हमारा यह मिलना-जुलना, टेलिफोन पर लम्बी-लम्बी बातें करना, हमारा रेस्ट्राँ में बैठना—इस सब से यही तो मतलब निकलता है कि हम एक दूसरे को अच्छे लगते हैं, ज्यादा से ज्यादा वक्त एक दूसरे के साथ रहना चाहते हैं।... .क्यों मैं ठीक कह रहा हूँ न।'

'मैं क्या बोलती। बिजॉय ने जो कुछ कहा था, सब सही था। जो कुछ उन्होंने कहा, वही सब तो मैं भी महसूस करती रही थी। सच, प्यार की कोई जबान नहीं होती,

बस एक अहसास भर होता है। प्राणों में रचा-बसा अहसास। जो एक छोटी-सी, मीठी सी घटना के उद्गम से फूटता है पहाड़ी झरने की तरह और फिर फैलता जाता है जैसे गोमुख से फूटकर गंगा बहती-फैलती जाती है।

—मैं तो एक सपना देखने लगा था देवांगी।' बिजॉय ने जैसे मुझे जगाते हुए कहा—एक सपना, जिसे मैं तुमसे पहले तुम्हारे बाबूजी से कहना चाहता था।'

मैं बस चुपचाप सुनती रही। वे मेरे मन की बात ही तो कह रहे थे।

—अब बताओ, मैं क्या करूँ देवांगी। जो कुछ तुम कहोगी, जो भी तुम्हारा निर्णय होगा, मैं उसे मान लूँगा। चुपचाप मान लूँगा। कोई तर्क नहीं करूँगा। आखिर यह तुम्हारी जिंदगी है।' वे कप में चम्मच हिलाते हुए बोले थे।

कुछ देर तक हम दोनों के बीच खामोशी छाई रही। वे फिर बोलने लगे—चाहत कह लो या प्यार। यह बहुत नाजुक चीज़ होती है। बहुत प्यारी भी। इसको जीने के लिए पूरी स्थिति बहुत सहज और स्वाभाविक होनी चाहिए। जैसे किसी झील की समतल तरंगें। अगर उसमें कोई बड़ा पत्थर फेंक दो तो लय बिगड़ जाती है।'

—लेकिन कुछ देर बाद फिर लहरें सम पर आ जाती हैं।' मैं न जाने कैसे कह गयी। कह तो गयी लेकिन भीतर ही भीतर कहीं संकुचित भी हो आयी। क्या मेरे इन शब्दों ने मेरे मन को खोल नहीं दिया था।

—देवांगी, तुम यह क्यों नहीं समझती कि जिंदगी लहरें नहीं हैं। एक छोटी सी दुर्घटना भी उस पर हमेशा के लिए एक दाग छोड़ जाती है....और मान लो, हम किसी की परवाह किए बिना एक दूसरे से जुड़ भी जायं तो भी क्या हमेशा एक भय और आशंका की स्थिति नहीं बनी रहेगी? और वैसी हालत में क्या हम अपनी जिंदगी को सहज रूप में जी पायेंगे?

मैंने अभी तक चुप्पी साध रखी थी। लेकिन अब मुझे बोलना ही पड़ा।

—मैं जानती हूँ बिजॉय, अशोक कुछ भी कर सकता है। वह एक बीमार व्यक्ति है। मानसिक रूप से बीमार—परवर्टेड। ऐसा आदमी कुछ भी कर सकता है। लेकिन इसका मतलब यह तो नहीं होता कि हम अपनी जिंदगी उसके इशारे पर जियें।'

—तो क्या करें देवांगी?' उसकी ये धमकियाँ मेरे तन-बदन में कांटों सी चुभ रही हैं। रात-रात भर नींद नहीं आती। कभी-कभी यह भी सोचने लगता हूँ कि कहीं हम ही तो गलत नहीं हैं। सच, बड़े बुरे-बुरे विचार आते हैं।'

—मैं नहीं जानती थी बिजॉय, तुम इतने कमजोर और डरपोक हो।' मैं थोड़े व्यंग्य के साथ कह गयी।

—देवांगी, न मैं कमजोर हूँ, न डरपोक हूँ। बस, मेरा अतीत बहुत कमजोर रहा है। वही मुझे बीच-बीच में जकड़ लेता है।....मैंने तुम्हें कभी अपने बारे में नहीं बताया। बतलाने की कोई जरूरत भी नहीं पड़ी।....लेकिन आज शायद जरूरत पड़ गयी है। मालदा के पास एक गांव में मेरे माँ-बाप खेती-बारी करते थे। खाने भर को हो पाता था।

हम दो भाई-बहिन थे। बहिन की शादी होनेवाली थी, तभी गांव में हैजा फैल गया। बीसियों लोग उसकी चपेट में आ गये। माँ और बहिन भी आ गयी। पिता उनकी मौत को सह नहीं पाये। दिल का दौरा पड़ा और वे देखते-देखते चल बसे। उस साल मैंने दसवीं का इम्त्तहान दिया था। कुछ दिनों तक पड़ौसियों के सहारे रहा। बाद में इस गाँव से उस गाँव में भटकता रहा। सालभर बाद चाचा गांव में आए और मुझे खोजकर यहाँ लिवा लाये। चाचा तुम्हारे बाबूजी की फैक्टरी में काम करते थे। वहीं एक दिन उनसे मिलना हो गया। पता नहीं, उन्होंने मुझमें क्या देखा, चाचाजी से बोले—इस लड़के को पढ़ाओ....और खर्चे की कोई चिंता मत करना....।' मैंने तुमसे पहले भी कहा था कि आज मैं जो कुछ भी हूँ, उन्हीं की कृपा से हूँ....और इसीलिए शायद, अब मैं कुछ ऐसा नहीं करना चाहता जिससे मुझ पर किसी तरह की मुसीबत आए....चाचाजी की दो साल पहले मृत्यु हो गयी है। उनकी औरत और तीन बच्चे गांव चले गए हैं। उनकी जिम्मेदारी भी मुझी पर है। बस....इसीलिए....।'

मैंने देखा, कहते-कहते बिजॉय रुँआसे हो गए थे। मैंने महसूस किया कि वे अतीत की जिंदगी के भय, भविष्य और सुरक्षा और नैतिक दबाव से दबे हुए हैं। उस सब के बीच मेरे मन में उनके प्रति एक प्रकार की घनी संवेदना हो आई।

वे मुझे देखते हुए बोले—यह नहीं कि मैं नहीं जानता कि ऐसे हालात में मुझे क्या करना चाहिए। मैं पुलिस की मदद ले सकता हूँ। अगर कोर्ट जाना पड़े तो मैं उसके लिए भी तैयार हूँ....लेकिन इन सब के बाद तुम्हें पाया तो क्या पाया....। सच देवांगी, मैं तुमसे बहुत प्यार करता हूँ। शायद अपने से भी ज्यादा। मैं प्यार की भावना को ईश्वर और गंगाजल की पवित्रता के समान महत्व देता हूँ....शायद इन से भी ज्यादा। मेरे लिए प्यार संसार की पवित्रतम वस्तु है। ऐसी पवित्र भावना में यदि कहीं कोई खरोंच लग जाती है तो फिर सब कुछ टूट-बिखर जाता है.....

वे कहे जा रहे थे—मैं जानता हूँ कि इस के लिए न तुम जिम्मेदार हो और न मैं। किसी तीसरे की उदंडता ही हम दोनों के बीच आ गयी है.....। लेकिन इसके बाद भी निर्णय तुम्हें लेना है। और तुम्हारा निर्णय मेरे सर-आँखों पर होगा।'...कहकर वे चुप हो गए।

मैं सोच नहीं पा रही थी कि मैं क्या कहूँ....तभी एकायक मैं उठी और बोली—चलो, अब चलते हैं। बहुत देर हो गयी है।

मेरे इस व्यवहार पर बिजॉय ने कोई प्रतिक्रिया नहीं दिखाई। उन्होंने वेटर को बुलाकर बिल चुकाया और मेरे-पीछे पीछे हो लिए।

मैंने सर उठाकर घड़ी की ओर देखा। दो बजनेवाले थे। नोटबुक को बंद करके मैं बेडरूम में आकर लेट गयी। काफी देर तक मुझे नींद नहीं आई। देवांगी दी के बारे में ही सोचती रही और सोचती रही कि व्यक्ति सिर्फ वह नहीं होता, जो दीखता है। दी ने उस दिन सच ही कहा था।

22

आज रविवार है।

कितने दिनों बाद थोड़ा अवकाश मिला है घर में बैठने का।

पिछले दो हफ़्ते तो इतनी व्यस्तता में बीते कि खाने-पीने की सुध भी भूल गयी थी। उस दिन ऑफिस में जाकर 'सहयोग' के रजिस्टरों को उलट-पलुट रही थी कि तभी एक रजिस्टर में उन पार्टियों के नाम लिखे दीखे जिनके पास से देवांगी दी संस्था के लिए आर्थिक सहयोग लेती रही थीं। कुछ नाम तो मुझे भी मालूम थे लेकिन विस्तार से कुछ ज्यादा मालूम नहीं था। उन नामों को देखते हुए सहसा दिमाग में यह बात आई कि क्यों न इनमें से कुछ लोगों को कांटेक्ट किया जाय। आखिर कुछ तो मिलेगा। स्कूल का भवन बनाना है तो दस-दस रुपयों के चंदे से तो नहीं ही बन पायेगा।

मैंने लोगों को कांटेक्ट करना शुरू किया। इस संपर्क में बड़े खट्टे-मीठे अनुभव हुए मुझे। सबसे पहले मुझे 'सेक्सरिया स्टोन्स' के मालिक मोहनलाल सेक्सरिया ने एप्वाइंटमैंट दिया। उनसे चार बजे शाम को मिलने की बात निश्चित हुई। मैं सवा चार बजे उनके दफ्तर में पहुँची। रिसेपशनिस्ट ने बतलाया कि वे मेरा ही इन्तजार कर रहे हैं। उसने इंटरकॉम पर उन्हें मेरे आने की खबर दी। उन्होंने मुझे अंदर बुला लिया।

मैंने बड़ी विनयशीलता के साथ खड़े-खड़े उनका अभिवादन किया। उत्तर में उन्होंने अपनी घड़ी की तरफ देखा और बोले—डॉ. पलक, आप पन्द्रह मिनट लेट हैं। अब आप जाइए और मेरे सेक्रेटरी से किसी दूसरे दिन का टाइम ले लीजिए।'

मैं स्तंभित। कुछ कह ही नहीं पाई। कुछ कहने का मौका ही नहीं दिया मुझे। मैं उल्टे पांव लौट कर दरवाजे के पास पहुँची ही थी कि उनकी शांत आवाज सुनाई दी—सुनिए....।' मैं लौट कर उनकी तरफ मुड़ी और फाइलों को सीने से दबाए उनके सामने जाकर खड़ी हो गयी।

—बैठिए।' उनका स्वर अभी भी शांत था।

मैं सकुचाते हुए एक कुर्सी खिसका कर बैठ गयी।

—पानी पीयेंगी? उन्होंने मेज पर रखा हुआ गिलास मेरी तरफ सरका दिया। मैंने दो घूंट पानी लिया और गिलास को धीरे-से मेज़ पर रख दिया।

—अच्छी बात है कि आप समाज-सेवा का कार्य कर रही हैं। लेकिन इसके लिए

पंक्चुएलिटी बहुत जरूरी है। जब तक आप वक्त के महत्व को नहीं समझेंगी, आप कुछ नहीं कर पायेंगी। आपकी संस्था की मैंने समय-समय पर मदद की है। सूरज भान जी और उनकी पुत्र-वधू से मेरा पुराना परिचय है। इसीलिए जब आप का फोन आया कि आप मुझसे मिलना चाहती हैं तो मैंने अपने सेक्रेटरी से कह दिया कि वह आपको समय देकर बुला ले। मैं जानता हूँ कि देवांगी जी के बाद अब आप ही 'सहयोग' का काम सँभाल रही हैं, इसीलिए आपको वक्त देने में....

—मैं रियली आप की बहुत आभारी हूँ कि आपने मुझे समय दिया। मैं लेट हो गयी, इसके लिए आई एम वैरी सॉरी....। आइन्दा ऐसा नहीं होगा।'

—हाँ तो अब बताइए, क्या बात है।'

मैंने साहस बटोर कर फाइलें उनके सामने रख दीं। स्कूल भवन का नक्शा भी उनको दिखा दिया और यह भी बता दिया कि हम गांधीनगर के रहिवासियों से भी थोड़ी-थोड़ी मदद ले रहे हैं और वे दे भी रहे हैं।'

सेक्सरिया जी कुछ बोले नहीं। फाइलों पर और नक्शे पर एक उड़ती नजर डाली और फिर चश्मा उतार कर उन्होंने अपने श्वेत बालों पर हाथ फेरा और इलेक्ट्रिक घंटी बजा दी।

—आप चाय पीयेंगी न....।'

—आप तकलीफ न करें।' मैं धीरे से बोली।

तभी एक अधेड़ व्यक्ति सामने आकर खड़ा हो गया। उन्होंने कागज के एक टुकड़े पर कुछ लिख कर उसे पकड़ा दिया। और उससे दो कप चाय भेजने के लिए कह दिया।

फिर वे 'सहयोग' के बारे में बातें करते रहे। कुछ देर बाद चाय आ गयी। एक ट्रे में दो कप चाय और कुछ बिस्कुट थे।

चाय पीकर मैंने हाथ जोड़कर विदा ली और कुर्सी से उठ खड़ी हुई।

—ठीक है।' उन्होंने चश्मा पहनते हुए कहा—आप बाहर मिस्टर मेहता से अपना चैक ले लीजिए।'

मैं उन्हें फिर अभिवादन करके और धन्यवाद देकर बाहर निकल आई।

रिसेपशनिस्ट से पता पूछ कर मैं मिस्टर मेहता से मिलने एकाउन्ट ऑफिस में चली आई। मुझे देखते ही मिस्टर मेहता खड़े हो गए और उन्होंने एक लिफाफा मेरे हाथ में पकड़ा दिया। फिर धीरे से एक रसीद मेरे आगे बढ़ाकर बोले—मैडम, यहाँ पर अपने दस्तखत कर दीजिए। मैंने बताई जगह पर अपने हस्ताक्षर कर दिए। उड़ती नजर से देखा, रसीद पर पन्द्रह हजार एक सौ एक रु. की राशि लिखी थी।

बड़ा अजीब अनुभव था यह।

इसके बिल्कुल उलट मुझे दूसरा अनुभव पारीख भाई से मिलने पर हुआ। यह नाम भी मुझे देवांगी दी के रजिस्टर से ही मिला था। पारीख भाई दाना बाजार के बहुत बड़े व्यापारी हैं। पैडर रोड पर उनकी दो बिल्डिंगें हैं। खुद जुहू के एक बड़े बंगले में रहते हैं।

उनका काम बहुत फैला हुआ है। उनके बंगले पर समय से पहुंच गयी थी। उनके नौकर ने कोठी के बाहर बरामदे में पड़ी कुर्सियों की ओर इशारा करके मुझे वहाँ बैठने के लिए कहा और खुद भीतर चला गया। कोई बीस मिनट बाद वह बाहर निकला और बोला—सेठजी स्नान करने गए हैं। आप बैठिए।'

पास ही रखी टेबल पर अखबार पड़े थे। मैं एक अखबार उठाकर उसके पन्ने पलटने लगी। जब काफी देर हो गयी तो मैंने बाहर लॉन में पौधों को पानी देते माली से कहा—भैया, मुझे सेठजी से मिलना था। उन्होंने नौ बजे बुलाया था अब पौने दस बज रहे हैं।' माली ने मुझे अजीब सी नजरों से देखा और पानी की ट्यूब को वहीं छोड़कर मेरे पास आकर बोला—बाई, अभी तो सेठजी नहा-धोकर निपटे होंगे। फिर घंटाभर पूजा-पाठ करेंगे। फिर नाश्ता करेंगे। फिर अपने कुत्तों को खिलाएँगे। फिर अखबार पढ़ेंगे। तब कहीं जाकर आप से मिलेंगे।

बहुत कुनमुनाई। लेकिन अपने काम से आई थी। इसलिए मन मसोस कर वहीं बैठी रही। हाँ, बीच में नौकर एक गिलास पानी और एक कप चाय दे गया था।

सवा बारह बजे पारीख भाई के दर्शन हुए। वे वहीं मेरे पास बरामदे में आकर बैठ गए।

मैंने अभिवादन किया। उन्होंने भी मुस्कराकर हाथ जोड़ दिए।

—हाँ तो बोलो।' वे अखबार पर नजर डालते हुए बोले।

—पारीख भाई, मैंने आपको फोन पर बतलाया था कि 'सहयोग' के लिए कुछ मदद चाहिए।'

—कैसी मदद?'

—कुछ आर्थिक मदद। मैं आपको दिखाने के लिए कुछ फाइल लेकर आई हूँ। हमारी यह संस्था 40-50 साल से 'गांधीनगर' के स्लम्स में काम कर रही है। अब वहाँ एक स्कूल खोलने का इरादा है। कलक्टर ने जमीन.......।'

—ठीक है, ठीक है....।'

वे कुछ देर तक अखबार के पन्ने पलटते रहे फिर उन्होंने वहीं से आवाज लगाई—सावंत....।'

एक कुबड़ा सा आदमी आकर उनके सामने खड़ा हो गया—जी सेठ।'

जरा मेज पर से चैक बुक उठा लाना।' उन्होंने कहा। फिर मुझसे कहा—तुम और क्या करती हो।'

—मैं कॉलेज में पढ़ाती हूँ....।'

—'अच्छा, अच्छा, मास्टरनी हो।'

मैं चुप रही।

सावंत चैकबुक ले आया। उन्होंने एक चैक में राशि भरी और अपने दस्तखत करके मेरी ओर बढ़ा दिया। बोले—अपनी संस्था का नाम इस पर खुद लिख लेना।'

कहकर वे उठ गए और अंदर चले गए।

मैं उन्हें ठीक से धन्यवाद भी नहीं दे पाई। बाद में मैंने चैक पर लिखी राशि देखी। उस पर 'इक्यावन रु. मात्र' लिखा था।

अलग-अलग लोगों से मिलते रहो तो इसी तरह के अलग-अलग अनुभव होते हैं। इस दौरान मुझे भी हुए। अलग-अलग व्यक्तियों के व्यवहारों के, उनकी मानसिकता के, उनकी कार्यपद्धति के, उनकी रुचियों के और उनकी 'टोनिंग' के। इन अनुभवों के बाद मैं इसी नतीजे पर पहुँची हूँ कि समग्रतः सभी धनवान बुरे नहीं होते और सभी गरीब अच्छे नहीं होते। संस्कारों और परिवेश पर यह निर्भर करता है कि इंसान क्या बनता है। मैंने यह भी जाना है कि देश में न धन की कमी है, न ऊर्जा की और न साधनों की। फिर ऐसा क्यों है कि देश की अस्सी प्रतिशत जनता अभावग्रस्त है और चालीस प्रतिशत से अधिक लोग गरीबी रेखा के नीचे जीने के लिए अभिशप्त हैं। इस सवाल से जूझते हुए मुझे लगता है कि इस भयावह असंतुलन के लिए हमारा निकम्मा, स्वार्थी, आत्मकेन्द्रित, दृष्टिहीन और भ्रष्ट नेतृत्व जिम्मेदार है। गांधीजी ने ठीक ही कहा था कि आजादी मिलने के बाद कांग्रेस को 'डिजॉल्व' कर देना चाहिए। लेकिन ऐसा नहीं हुआ। संघर्ष और त्याग के बाद मिली विजय के उन्माद में अब नेतृत्व ऊँची-ऊँची गद्दियों पर विराजमान होकर आजादी के फल चखने के लिए आतुर था। सो, गांधीजी को हाशिए पर धकेल दिया गया। हताश और उपेक्षित गाँधी ने स्वयं ही कहा था कि अब उनकी कोई प्रासंगिकता नहीं रह गयी है। काश, वे अपने उस प्रण पर डटे रहते कि उनकी लाश पर ही देश का विभाजन हो पायेगा। तब शायद स्थिति दूसरी होती।

सच तो यह है कि देश की आम जनता के हित में न तो किसी ने ईमानदारी से सोचा, न उसके लिए कुछ किया। हाँ, लुभावने नारे जरूर दिए गए। लेकिन नारों से न तो पेट की भूख मिटती है, न जीवन के अभाव। नेताओं ने वर्तमान को अनदेखा कर भविष्य की ओर देखा। वे यह भूल गए कि वर्तमान की नींव पर ही भविष्य का निर्माण होता है। और जब हमें आजादी मिली, उस समय देश का वर्तमान था अभाव, अशिक्षा, अस्वास्थ्य और अंधविश्वास। करोड़ों लोगों के सर पर छत नहीं थी, उनके लिए पीने का पानी दुर्लभ था और सामान्य जीवन जीने के लिए सामान्य सुविधाएँ अप्राप्य। ठीक है, विकास हुआ और चतुर्मुखी विकास हुआ। लेकिन इस विकास का फल कुछ मुट्ठियों में बंद होकर रह गया। भारी भीड़ में से किसी बच्चे को गोद में उठाकर उसे एक गुलाब का फूल पकड़ा देने से तो बच्चे के अभावों का अन्त नहीं हो जाता। 'जय जवान, जय किसान' का नारा लगाने से जवानों और किसानों की समस्या तो हल नहीं हो जाती। 'गरीबी हटाओ' की घोषणा करके गरीबी तो समाप्त नहीं हो जाती। सूचना-तकनीक के विकास से उस आम जनता को क्या मिल पाया जिसके पास एक अखबार तक खरीदने का सामर्थ्य नहीं है। बाहों को हवा में हिलाकर भारतीय संस्कृति का जयघोष करने का क्या मतलब है जब दिन दहाड़े जनता पर अमानुषिक अत्याचार हो रहे हों और चंद

सिक्कों के लिए औरतों को जिंदा जलाया जा रहा हो और आदिवासियों का निरंतर शोषण किया जा रहा हो।

सच यह भी है कि हमारे जनतंत्र का एक पक्ष यदि तथाकथित विकास, प्रगति और राष्ट्रीय-अन्तर्राष्ट्रीय राजनीतिक-वैज्ञानिक उपलब्धियों से अपनी उज्जवल छवि के प्रति गौरव का अनुभव करता है तो दूसरी ओर इसी जनतंत्र में भ्रष्टाचार का पौधा, जिसका बीज आजादी के एकदम बाद ही बो दिया गया था, आज वट-वृक्ष बन चुका है। शहीद सैनिकों के ताबूतों तक की खरीद में लगभग सभी अखबार तेज-तर्रार टिप्पणियाँ कर रहे हैं। बाजारीकरण और वैश्वीकरण ने इस देश के गरीब को और गरीब बना दिया है। अपने देश के अलावा शायद ही कोई देश हो जिसके गोदाम अन्न से भरे हुए हों और लोग भूख से मर रहे हों या भूख के कारण आत्महत्या कर रहे हों। इस देश में तीन-तीन, चार-चार साल के बच्चों के, आज भी—आजादी के 56 सालों के बाद भी खुल्लमखुल्ला कानून को धता बता कर, विवाह रचाए जा रहे हैं और पतियों के शव के साथ पत्नियों को सती बनाया जा रहा है। सती चौरे बन रहे हैं और वहाँ पूजा हो रही है। इस असंगति और नंगेपन की सूची बड़ी लम्बी है, जो हमारे जातिवादी, सम्प्रदायवादी, कट्टरपंथी और भ्रष्ट नेताओं की बदमाशी से दिन-ब-दिन बढ़ती ही जा रही है। ऐसे हालात में मैं और देवांगी जैसे कार्यकर्ता क्या कर सकते हैं। देवांगी दी ने अपनी कविता में सच ही लिखा है कि हम तो जंगल के टिमटिम करते जुगनू हैं। जो जलते-बुझते रहते हैं। बस, टिमटिमा सकते हैं, कोई स्थायी रोशनी नहीं दे सकते।

आज देवांगी दी की बहुत याद आ रही है।

23

शाम के छह बज रहे हैं।

नन्दू ने घंटी बजाई तो जाग खुली। दोपहर का खाना खाकर पढ़ते-पढ़ते न जाने कब नींद आ गयी। जाग कर नंदू को पहले एक कप चाय बनाने के लिए कहा और अब फ्रेश होकर स्टडी टेबल पर बैठी हूँ। इतने दिनों में चिट्ठियों का ढेर लग गया है। किसी को जवाब ही नहीं दे पाई। कल कनाडा से श्रीराम का फोन भी आया था। मुझे लगता है, राम बड़ा हो गया है, बड़ा और जिम्मेदार। पूछता है—'मम्मी, मुझे तुम्हारी हैल्थ की बड़ी चिंता रहती है। अब तुम्हारी पीठ का दर्द कैसा है। तुम एक कम्प्यूटर खरीद लो। मैं तुम्हें रोज ई-मेल करता रहूँगा। फोन पर काफी खर्चा हो जाता है। उसने यह भी कहा था कि उसकी पढ़ाई ठीक चल रही है। अगली मार्च तक कोर्स पूरा कर लेगा। अलबत्ता, उसने जगह बदल ली है। अब वह यूनिवर्सिटी के नजदीक आ गया है। घर से सिर्फ बीस किलोमीटर है। पहले तीन सौ किलोमीटर का अप-डाउन करना पड़ता था रोज। उसने यह भी बताया कि उसका पार्ट टाइम जॉब एक टर्म के लिए और एक्सटैंड हो गया है।

मुझे उसकी आवाज सुनकर अच्छा लगा था। उसकी जॉब, उसकी पढ़ाई और मेरे प्रति उसकी चिंता को सुन कर अच्छा लगा। संतान जब बड़ी हो जाती है और बड़ी होकर जब जिम्मेदार भी हो जाती है तो अच्छा ही लगता है। बड़ी देर तक सोचती रही मैं, मेरा इतना संघर्ष, मेरा इतना सहना सार्थक हो गया।

मैं सामने रखे पत्रों को उलटने-पलटने लगती हूँ। सोचती हूँ कि कुछ खास पत्रों के जवाब ही दे दूँ। तभी मेरी नजर टेबल के कोने पर रखी देवांगी दी की नोट-बुक पर चली जाती है। अनायास भाव से मैं उसे उठा लेती हूँ और पन्ने पलटने लगती हूँ। बहुत से खाली पन्नों के बाद एक पन्ने के बीच में लिखी हुई इबारत पढ़ने लगती हूँ।

—कोई महीने भर बाद बिजॉय का फोन आया था। मैं भी अपनी ऊहापोह में उन्हें फोन नहीं कर पाई थी। लेकिन यह क्यों न कहूँ कि इस बीच मैं उनके फोन की प्रतीक्षा करती रही थी। उन्होंने बतलाया कि उन्होंने पूना के एक अस्पताल में कंसलटैंट की जॉब ले ली है। शायद मुझसे बचने के लिए ही उन्होंने ऐसा किया हो। मैं जानती हूँ कि वे सीधे-सच्चे इंसान हैं। और ऐसा इंसान न किसी लफड़े में पड़ना चाहता है और न कोई रिस्क लेना। एक स्मूथ, शांत और थोड़े में संतुष्ट होने वाली जिंदगी चाहता है वह अपने

लिए। मैं उन्हें दोष नहीं देती। अशोक ने जो हालात पैदा कर दिए थे, उनमें ज्यादातर लोग ऐसा ही करते। बाद में कई बार उसने उनको गाड़ी से कुचलने की कोशिश की। दो-तीन बार कुछ गुंडों को उनकी क्लिनिक में भी भेजा। इससे वे बहुत डिस्टर्ब रहने लगे थे। दूसरी तरफ मैं भी तो उतनी मजबूत नहीं थी। भावना का एक ज्वार था, बस। अपने अकेलेपन को पूरने की एक कोशिश भर थी। दरअसल स्वार्थी तो मैं ही थी। इसीलिए उन्हें अपने नजदीक आने दिया। औरत स्वयं कहती कुछ नहीं, पुरुष से कहलवाती है। बिजॉय और मेरे संबंधों में भी ऐसा ही हुआ। लेकिन मेरे प्रति पूरे प्यार और पूरी निष्ठा के बावजूद उनके संस्कार उन पर हावी रहे। उधर, वे न मेरा बुरा चाह सकते थे, न मुझे किसी मुश्किल में पड़ने देना चाहते थे। उन्हें बाबू जी का भी ख्याल था—अगर यह बात किसी तीसरे व्यक्ति तक पहुंच जाती तो पता नहीं क्या अनर्थ हो जाता। शायद इसीलिए उन्होंने अपनी भावनाओं को कुचल दिया। सचमुच, संस्कार, अच्छे हों या बुरे, बड़ी चीज होते हैं। उनसे जल्दी मुक्त नहीं हुआ जा सकता।

मेरे जीवन में एक अध्याय शुरू हुआ था। अभी उसकी भूमिका ही लिख पाई थी कि आगे के पन्ने परिस्थितियों की आँधी से छितरा गए। मेरे साथ शायद यही होना था। बिजॉय के साथ कुछ अच्छे क्षण जीए मैंने। इतना क्या काफी नहीं है। ओम् शांति, शांति।'

सोचती हूँ, कभी मौका मिला तो नियति के इस हस्तक्षेप पर एक कहानी लिखूँगी।'

मैंने नोटबुक गोद में ले ली है। मेरे भीतर एक गहरा अवसाद समा गया—सा लगता है। देवांगी दी को देखकर यह लगता ही नहीं था कि वे अपने भीतर इतनी करुणा को छिपाये होंगी। हमेशा हँसती रहती थीं। उनकी बातों में एक मिठास होती थी। बहुत धीमे से अपनी बात कहती थीं। कम बोलती थीं। लेकिन उनके इरादे बहुत पक्के होते थे। मुझे कई बार इसका अनुभव हुआ है। बड़ी से बड़ी अड़चनों और मुश्किलों में भी वे शांत रहती थीं। डिस्टर्ब होते तो मैंने उन्हें कभी नहीं देखा।

यही सब सोचते-सोचते मैं नोटबुक के पन्ने पलटती जाती हूँ अनजाने में। तभी मैं देखती हूँ कि एक पन्नेपर गुलाब की कुछ पंखुरियां बड़ी सहेज कर चिपकाई हुई हैं।

नीचे लिखा है—टू माई मम्मा ऑन हर बर्थडे।' छोटे बच्चों की लिखावट। मैं समझ जाती हूँ कि छोटे सुहास ने किसी वर्षगांठ पर अपनी मां को यह भेंट दी होगी। मैं कुछ देर तक गुलाब की उन पंखुरियों को देखती रहती हूँ। मुझे अपना श्रीराम याद आ जाता है और बिटिया राज्यश्री भी। दोनों भाई-बहिन मिल कर मेरी वर्षगांठ पर कोई ड्राइंड बना कर और उस पर हैप्पी बर्थ डे लिखकर मुझे प्रिजेंट करते थे। अलसुबह। अब यह सिलसिला टूट गया है। राज्यश्री शादी के बाद भोपाल चली गयी है। उसके पति का यहाँ

ट्रांसफर होना था जो अभी तक नहीं हो पाया है। और श्री तो कब से कनाडा में है। लेकिन आज भी दोनों मेरे जन्मदिन पर फोन करना नहीं भूलते। अपने दोनों बच्चों की याद करके मन हुमक उठता है।

मैं पन्ना पलटती हूँ....। लिखा है–

–बेटे सुहास, तुम हमेशा मेरे बेटे ही बने रहना। मुझे भुला मत देना। तुम्हारे दादाजी ने स्कूली पढ़ाई के लिए पहले तो तुम्हें सिंगापुर भेज दिया और फिर तुम इटली चले गए। मैंने तुम्हें बढ़ते, जवान होते देखा ही नहीं। फिर तुम वहीं बस गए। क्या तुम्हें अपने मम्मा की याद नहीं आती। अब तो एक तुम्हीं हो जिसे मैं अपना कह सकती हूँ। तुम्हारे दादाजी भी चल बसे हैं। सच तो यह है बेटे, मैं आज भी तुम्हारे लौट आने का इन्तजार कर रही हूँ....

जूलिएट को मेरा प्यार देना....।

मेरी आँखें भर आई हैं। मैं नोट-बुक को एक ओर सरका देती हूँ और मेज पर सर रखकर आँखें मूंद लेती हूँ।

24

व्यस्तता में वक्त कैसे बीत जाता है, पता ही नहीं लगता। बड़े दिन की छुट्टियां भी बीतने को हैं। इस दौरान एक बात अच्छी हुई है कि स्कूल की बाउंड्री वाल पूरी हो गयी है। गांधीनगर के रहवासियों ने पूरा सहयोग दिया। कॉलेज के बच्चे भी नियमित रूप से आते रहे। अच्छा लगा। कभी-कभी लगता है कि हमने कभी श्रम-दान को महत्व ही नहीं दिया। बौद्धिक विकास अपनी जगह पर ठीक है लेकिन शारीरिक श्रम की अवहेलना से कार्य की प्रगति नहीं होती। उसे बौद्धिकता के साथ-साथ चलाना चाहिए। तभी सुफल की आशा ही जा सकती है। हमारे देश की मुश्किल यह है कि कागज पर तो हम स्वर्ग बना लेते हैं लेकिन अमली तौर पर एक झोपड़पट्टी बनाने में मुश्किल महसूस करते हैं। हमने देश की जरूरत के हिसाब से कितनी पंचवार्षिक योजनाएँ बनाई लेकिन कभी किसी योजना को पूरा नहीं कर पाये। एक अवसर तो ऐसा आया कि कुछ सालों तक वार्षिक योजनाएँ बना कर ही काम चलाते रहे। हमारी कथनी-करनी में बड़ा अंतर है। इसीलिए आम आदमी के लिए प्रगति के दरवाजे नहीं खुल पाते। जनतंत्र में यह निष्क्रियता एक अभिशाप है।

मैं और जाने क्या-क्या सोचती रहती तभी दरवाजे की घंटी ने चौंका दिया। उठकर दरवाजा खोलती हूँ तो देखती हूँ, सामने डाकिया खड़ा है। कुछ चिट्ठियाँ और एक रजिस्टर्ड लैटर। पावती पर साइन करके सबसे पहले खड़े-खड़े मैं रजिस्टर्ड पत्र को खोलती हूँ।

पत्र संकल्प प्रतिष्ठान, कोल्हापुर से आया है। लिखा है–

प्रिय डॉक्टर पलक शिवशंकरन्

आपको यह बतलाते हुए हर्ष होता है कि 'संकल्प प्रतिष्ठान' ने इस वर्ष आपको, आपके सामाजिक कार्यों के लिए 'महाराष्ट्र मनीषा' के पुरस्कार से सम्मानित करने का निश्चय किया है।

'संकल्प प्रतिष्ठान' हर साल महाराष्ट्र में सामाजिक कार्य करनेवाली और समाज सुधार के लिए जनता में चेतना जगानेवाली विशेष महिला को यह पुरस्कार प्रदान करता है।

यह पुरस्कार गणतंत्र दिवस यानी 26 जनवरी की सायं पांच बजे महाराष्ट्र सभा

हॉल, कोल्हापुर में प्रदान किया जाएगा।

आप इसके लिए अपनी सहमति देकर अनुगृहीत करें। अपने यहाँ आने की तिथि की सूचना भी दें। ताकि प्रतिष्ठान के कार्यकर्ता आपको लेने के लिए स्टेशन अथवा बस स्टैंड पर आ सकें।

भवदीय

प्रताप माने सचिव

संकल्प प्रतिष्ठान, 10 रिंग रोड

कोल्हापुर

पत्र पढ़कर मुझे ऐसा लगा कि जैसे कमरा छोटे-छोटे जुगनुओं के प्रकाश से भर गया है। मैं बहुत देर तक उन्हीं प्रकाश-बिन्दुओं के बीच तैरती रही। और न जाने कब दीवार पर टंगी देवांगी दी की तस्वीर के सामने हाथ जोड़ कर खड़ी हो गयी।